救出の距離

サマンタ・シュウェブリン

宮崎真紀 訳

国書刊行会

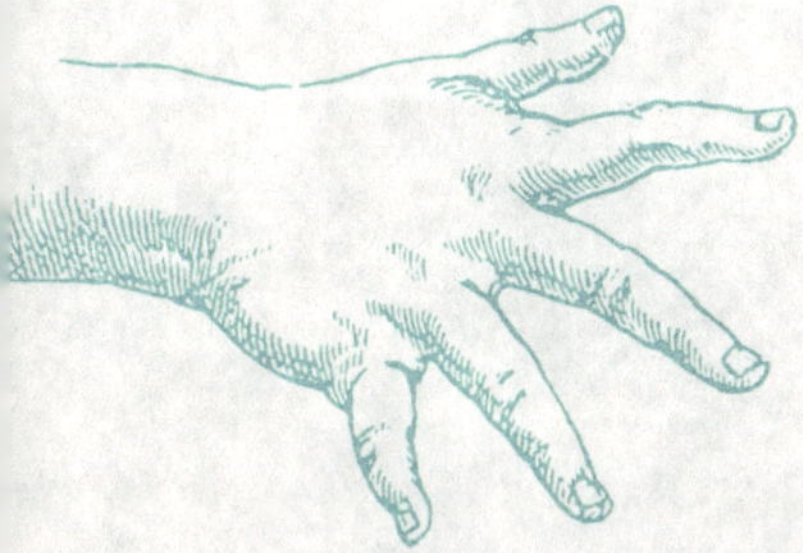

DISTANCIA DE RESCATE

SAMANTA SCHWEBLIN

translated by Maki Miyazaki

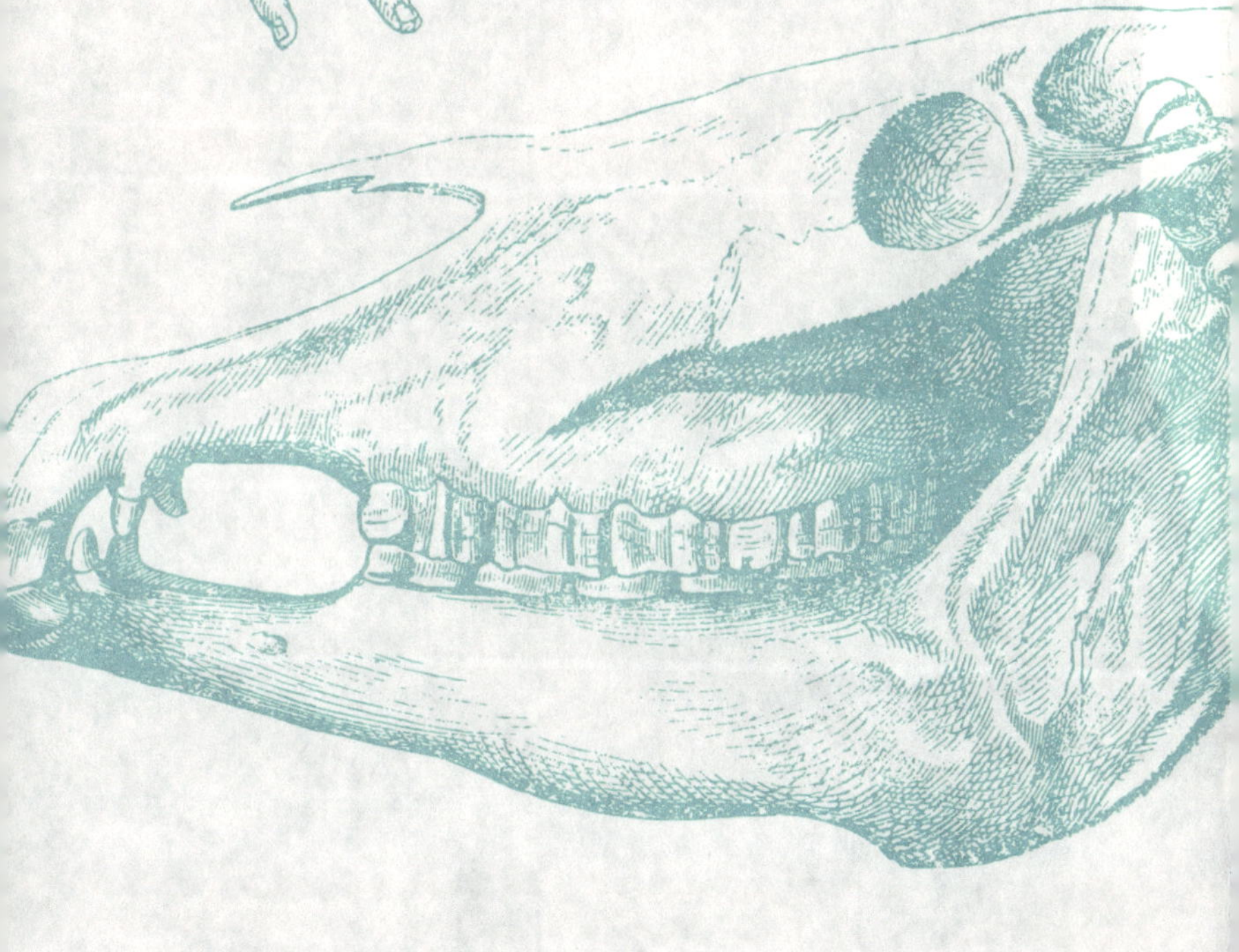

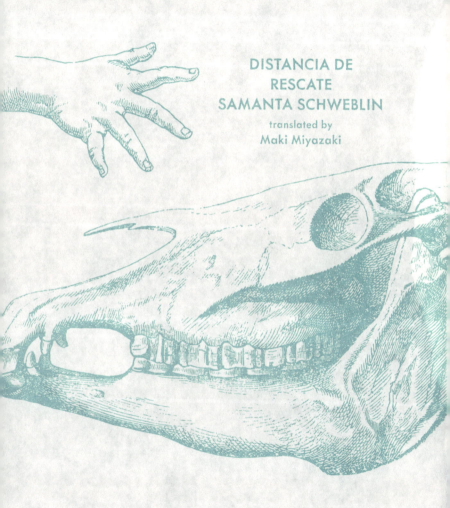

目次

救出の距離

妹のパメラへ

「ずいぶん経ってから初めて彼は目を落とし、両手を見た。あなたにもその経験があるなら、これがどういうことかわかるだろう」

ジェシ・ボール『夜間外出禁止令』

そいつら、のたくる虫みたいな感じなんだ。

どういう種類の虫？

どこにでもいるようなやつ。

話をしているのは少年で、わたしの耳元で囁《ささや》いている。質問しているのはわたしだ。虫が体の中でのたくってるの？

そう、体の中。

ミミズ？

違う。そういうのじゃない。

真っ暗で、何も見えない。シーツはごわごわしていて、わたしの体の下で皺《しわ》になっている。動けない、とわたしは言う。

虫のせいだ。辛抱強く待たなきゃいけない。で、待つあいだ、虫が生まれたその瞬間を見つけるんだ。

なぜ？

大事なことだから。みんなにとって、大事なことだ。

うなずこうとしたけれど、体がいうことを聞かない。

あの家の庭でほかに何があった？　ぼくもそこにいる？

ううん、あなたはいない。でもあなたのママ、カルラがいる。彼女とは、わたしたちがその家に来てすぐ、数日前に知りあったばかりよ。

カルラは何をしてる？

コーヒーを飲み終わって、カップをデッキチェアーのそばの草の上に置いたところ。

それから？

立ちあがって、向こうへ歩いていく。サンダルを忘れてる。そこから数メートル離れた、プールの梯子《はしご》のそばに置き去りにされている。でもわたしは何も言わない。

どうして?

彼女が何をするつもりなのか、確かめたいから。

それで、彼女は何をするの?

バッグを肩にかけて、ゴールドのビキニ姿のまま、車のほうに歩いていく。おたがい、すてきな人だなと感じているけれど、一方で、いらっとしたりもするの。ねえ、こんなふうにあのときのこと、本当に振り返る必要があるの?わたしたちにそんな余裕ある?

振り返ることがとても大切なんだ。きみたちはどうして庭にいるの?

わたしたちは湖から帰ってきたところで、あなたのママがうちの中に入ろうとしないから。

きみに面倒をかけたくないからだろうね。

面倒って?　外にいたら、家の中と庭を何度も行き来しなきゃならないのよ。

最初はレモネードを、そのあと日焼け止めを取りに行くのに。面倒をかけたくないからだとは思えない。

　なぜ湖に行ったの？

　車の運転を教えてあげるためよ。前から覚えたかったの、って彼女が言ったから。でも湖に着いたら、二人ともその気が失せちゃって。

　彼女、今は庭で何してる？

　わたしの車のドアを開けて運転席に座り、バッグの中をごそごそ漁《あさ》ってる。わたしはデッキチェアーから脚を下ろして待っている。ひどい暑さなの。やがてカルラはバッグをひっかきまわすのをあきらめて、両手でハンドルを握る。そうして少し門のほうを見る。あるいは、門のさらに向こうにある自分の家のほうを見ているのかもしれない。

　ほかには？　ねえ、どうして黙りこんでるの？

　この話に集中しているからよ。展開はちゃんとわかってるの。だけど、先を続けるのがときどき難しくなる。あの看護師たちに何か注射されたせい？

違うよ。

でも、まもなく死ぬのよね？　わたし、今死にかけてるんでしょう？　あなたは何も言わないけど、わたしにはわかってる。だけど、こういうことを自分に宣告するのは無理。

それは今は重要ではない。時間の無駄だよ。

でも、そうなのよね？　わたしは今死にかけてるのよね？

庭でほかに何が起きる？

カルラはハンドルに突っ伏し、少し肩を震わせて、泣きはじめる。ねえ、虫が生まれるその瞬間に近づいていると思う？

続けて。細部を忘れないで。

カルラは物音ひとつたてずにわたしを思いどおりにしてしまう。わたしは立ちあがって、彼女のほうに行くしかなくなる。初めから彼女に好感を持っていたの。燦々《さんさん》と輝く太陽の下、大きなプラスチックのバケツを二つさげていた彼女を見たあの日から。赤毛を大きなおだんごにしてまとめ、ジーンズのオーバーオールを着ていた。あんな格好をしている人、子供のときしか見たことがなかった。だから、レモネードはいかが、としつこく誘ったのはわたしだった。翌朝、そしてその翌朝も、そのまた翌朝も、マテ茶に誘った。これ、重要な細部？

探しているその瞬間は細部にある。だからよく観察して。

わたしは庭をつっきり、プールを迂回して進み、食堂のほうに目をやって、娘のニナが大きなモグラのぬいぐるみを抱いて今も眠っているかどうか、大窓越しに確かめる。それから車の助手席に乗りこむ。シートに腰を下ろすけれど、ドアは開けっぱなしにし、窓も下げておく。とても暑いから。カルラの大ぶりのバッグは、脇のほうに力なくややずりさがっている。彼女は肩をシートにもたせかけている。わたしがそこにいることに、また彼女のそばにもどってきたことに気づいて、こちらを見る。

「こんなこと話したら、もうあたしとは会ってくれなくなる」

何を言おうか、「お願いよ、カルラ、馬鹿なこと言わないで」みたいなことを言おうか、と考える。でも言わずに、かわりにペダルの上で緊張している彼女の足の指に、長い脚に、ほっそりしているけれど力強い腕に目をやる。自分より十歳も年上の女性がこんなにも美しいことに、とまどいを覚える。

「このことを話したら、あの子がニナと遊ぶのをあなたはいやがるわ」

「カルラ、そんなわけないいじゃない」

「いいえ、アマンダ、あなたはいやがる」カルラは言い、目に涙があふれる。

「お子さんの名前は？」

「ダビ」

「あなたの子供でしょう？　じつの息子なんでしょう？」

彼女はうなずく。その息子というのがあなたよ、ダビ。

わかってる。続けて。

彼女は手の甲で涙を拭い、金のブレスレットがチリチリ鳴る。あのときはあなたにまだ会っていなかったけれど、わたしたちが借りている家の管理人、へセルさんに、カルラと会ったと話したら、あなたと会ったかとすぐに訊かれたっけ。するとカルラは言ったの。

「以前は息子だった。でも今は違う」

意味がわからず、わたしは彼女をまじまじと見る。

「もうあたしの子じゃない」

「カルラ、息子は一生息子よ」

「違うのよ、それが」彼女は言う。指の爪が長い。その指を二本立てて目のあたりまで持ちあげ、こちらにジェスチャーをしてみせる。

そこでわたしは夫の煙草のことを思いだし、グローブボックスを開けて、ライターといっしょに彼女に手渡す。カルラはひったくるようにそれを受け取り、日焼け止めの香りがわたしたちのあいだでゆらりと揺れ動く。

「生まれたとき、ダビはお日さまだった」

「それはそうでしょう」わたしは言いながら、今は口をつぐんでおくべきだと気づく。

「さあ抱っこしてと初めてあの子をさしだされたとき、不安でたまらなかった。

指が一本足りないにちがいない、そう思いこんでたの」口に煙草をくわえたまま記憶をたぐり寄せてほほ笑み、それから煙草に火をつける。「看護師さんの話では、麻酔のせいで、ときどきそんなふうに少し妄想が激しくなることがあるんですって。あたしは、本当に指が十本あるかどうか二度数えて、ようやく何も問題はないんだと納得した。今となっては、指が一本ないくらいですむなら万々歳だと思う」

「ダビに何があったの？」

「以前はお日さまだったのよ、アマンダ。本当にお日さまだったの。いつもにこにこしていてね。何より外で遊ぶのが好きだった。小さいときから、公園に行くともう大騒ぎ。知ってのとおり、ここではベビーカーで移動することはできない。もちろん村に行けば大丈夫だけど、ここから広場までは、お屋敷や線路沿いのバラックのあいだを歩いていかなきゃならなくて、泥道でそれはもうたいへんなの。でも、あの子がかわいくて仕方がなかったから、抱っこしてここから十二ブロックも歩いたものだった。三歳になるまではね。滑り台を目にしたとたん、きゃーって声をあげたっけ。この車、灰皿はどこ?」

計器盤の下にあるので、台座の部分を引き抜いて渡す。

「やがてダビは病気になった。そう、だいたい三歳くらいのとき、六年ほど前のことよ。ちょうど、いろいろと厄介ごとが重なった時期だった。あたしはソトマヨルさんの農場で働きだしていた。あたしにとって、お勤めそのものが初めての体験だったの。経理係だったんだけど、実際には経理でも何でもなかった。たとえば書類を整理するとか、数字を足すのを手伝うとか。でも、楽しかったわ。お遣いをするのに、よそ行きの服を着て村を闊歩《かっぽ》したものだった。あなたみたいに首都から来た人にはわからないかもしれないけれど、ここではおしゃれをするにも理由がいるのよ。あれは口実として申し分なかった」

「ご主人の仕事は?」

「オマルは馬を飼育していた。あなたもそう聞いてるでしょう。あのころのオマルは今とは別人だった」

「昨日、ニナと散歩をしていたときに見かけたと思う。軽トラックに乗って通りかかったの。挨拶したけど、返事をしてくれなかった」

「そう、それが今のオマル」カルラは首を横に振った。「知りあったときはまだ笑顔が見えていたのよ。競走馬の育成をしていたの。村の向こう側、湖の奥に牧場があったんだけど、あたしが妊娠したときここに全部移したの。ここにはあたしの両親の家があった。運がよければ大金が転がりこんでくるから、そのときリフォームすればいい、とオマルは言った。あたしは床に絨毯を敷きたかったの。そりゃわかってる、あんな家に住むなんてどうかしてるって。でも、あのときはすごく期待してたのよ。オマルはとてもいい繁殖牝馬を持っていて、トリステサ・キャットとガムーサ・フィナっていう牝馬を産んで、どちらもすぐに買い手がつき、パレルモやサン・イシドロでよく走ったし、今も走ってる。そのあとにも牝馬をもう二頭、それに牡馬を一頭産んだわ。その子たちの名前はもう忘れちゃったけど。繁殖ビジネスでは、すぐれた種牡馬に種付けをしてもらうのが何より大事で、オマルは最高の種牡馬を借りることができたの。土地の一部を牡馬用に囲い、その裏に子馬の飼育場をつくって、アルファルファを植え、それからじっくり腰を据えて厩舎《きゅうしゃ》をこしらえることにした。種牡馬を二、三日借りてそこに放し、そのあと生まれた子馬が売れたら、売り上げの四分の一を種牡馬の馬主に支払う、という契約だったの。これはかなりの金額なのよ。きちんと管理されて育った優秀な種牡馬の子なら、一頭当たり二十万から二十五万ペソで売れるから。オマルは借りた種牡馬をゾンビみたいに一日じゅうつけまわして、牝馬それぞれに何回乗っかったか記録したの。出かけるときは、あたしがソトマヨルさんのところからもどるまで待ち、役目を交替した。といっても、お祭しのとおり、あたしは台所の窓から見張る程度だったけれど。ところがある日の午後、皿洗いをしていたあたしは、そういえばしばらく種牡馬の姿を見ていないことに気づいた。別の窓をのぞき、さらには家の裏手が見える、また別の窓のところにも行ったけれど、やっぱり見当たらない。牝馬たちはいる。でも種牡馬はどこにもいなかったの。あたしはダビを抱っこして外に出た。そのころにはもうあの子もよちよち歩きを始めていて、家の中であたしのあとを四六時中追いかけまわしてたの。あれこれ迷っている場合じゃなかった。馬がいるのかいないのか、問題はただそれだけ。はっきりしているのは、どういうわけか、種牡馬が柵を飛び越えてしまったってこと。めったにないことだけれど、ありえなくはなかった。もしかしたら、と思って厩舎まで行ってみたわ。でもやっぱりいなかった。そのとき小川のことを思いだしたの。本当に小さな川だけど、傾斜の下にあるから、馬がそこで水を飲んでいたら、家からは見えない。どうしたのってダビに訊かれたのを覚えてる。家を出る前に抱きあげたら、首にしがみついてきたっけ。あたしがあちこち走りまわったから、あの子も息切れして声が途切れ途切れになっていた。『あそこにいるよ、ママ』ダビが言ったわ。そう、馬はたしかに小川にいて、水を飲んでた。でもあの子、今はもうあたしをママとは呼ばないのよ。あたしたちはいっしょに川まで下りた。そこであの子が下ろしてって言ったの。馬には近づかないでね、とあたしは注意した。それからそろそろと馬に近づいたの。近づくと逃げ、また近づくとまた逃げ、をくり返していたけれど、辛抱強く続けるうちに、馬もこの人なら大丈夫だと信用してくれたみたいで、ようやく手綱をつかむことができた。ああ、よかった、と思ったことをありありと覚えてる。あたしはほっとため息をついて、声に出して言ったわ。『あなたを失ったら、家まで失うのよ、お馬鹿さん』アマンダ、これって、ダビにもし欠けていたらと心配した一本の指のときと同じよ。『家を失うのは何より最悪だ』と人は言うけれど、もっと最悪なことはあって、あの瞬間にもどってくそったれ種馬の手綱を手放すことができたら、あたしは家だってこの命だってさしだすわ」

そのときリビングの網戸を叩く音がして、二人は家のほうを振り返る。モグラのぬいぐるみを抱いたニナがそこに立っている。お昼寝をしていたのだけれど、あんまりぐっすり眠っていたので、まだ寝ぼけていて、わたしたちの姿が見当たらなくても驚いていないらしい。ニナは何歩か進み、ぬいぐるみを抱えたまま手すりをつかむと、ポーチについた三段の階段を注意深く下りはじめる。カルラはまたシートに体をもたせかけ、無言のままバックミラーでニナを眺めている。ニナは足元を見ている。ここに来てから始めた新しい習慣で、足の指を開いたり閉じたりして、牧草を引っこ抜こうとしているのだ。

「ダビは小川にしゃがみこみ、サンダルが濡れるのもかまわず、水に手を浸しては指を舐めていた。そのとき鳥の死骸が目に入ったの。ダビからほんの一歩分しか離れていないくらい、すぐ近くに落ちていた。あたしは驚いてダビにわめきたて、あの子もその声で驚いてすぐに立ち上がったけれど、慌てたせいで尻もちをついてしまった。かわいそうなダビ。あたしは、ヒンヒン鳴いてなかなか上がってこようとしない馬を駆り立てながら、なんとか工夫して片手でダビを抱っこして、みんなでいっしょに岸へよじ登ろうとした。このことはオマルには報告しなかった。だって、そんな必要ないでしょう？　失敗はどのみち取り消せないし、そのあとちゃんと修復したんだもの。ところが翌日の明け方、あの馬が倒れているのが見つかった。『どこにもいないんだ。きっと逃げだしたにちがいない』オマルが言ったので、思わず、あの馬は一度もう逃げだしてるのよ、と打ち明けそうになった。でも彼が、牧草地で倒れている馬の姿を認めたの。『くそ』と彼は言った。種馬はまぶたが腫れあがって、目が見えないようだった。いいえ、そればかりか、唇も鼻の穴も、口全体が腫れて、別の生き物か何かの怪物みたいだったわ。力なく呻《うめ》くことしかできず、心音が機関車並みの速さだとオマルは言った。大急ぎで獣医を呼ぶよう命じ、近隣の人々もやってきて、みんな心配してあちこち駆けずりまわっていたけれど、あたしはどうすることもできずに家にもどると、揺りかごでまだ眠っていたダビを抱きあげて部屋にこもり、いっしょにベッドに潜りこんであの子を抱きしめ、祈った。もうほんとに狂ったように祈った。あんなに祈ったのは生まれて初めてってていうほど。部屋に閉じこもるくらいなら救急診療所に駆けこめばよかったのに、と思うかもしれないけれど、これは大惨事だと気づく暇なんてないものなのよ。馬が何を飲んだにせよ、ダビもそれを口にしたことは確かで、馬が死にかけているのだとしたら、ダビには万が一にも生き延びるチャンスはない。あたしにはそうはっきりわかった。すでに村であれこれ見聞きしていたから。もしかすると数時間、いいえ、数分もないかもしれない。とにかくなんとかしなきゃならなかった。地元の医者が来るまでじりじり三十分待つなんてできない。救急に運んでも、とても間に合いそうになかった。息子の命を救ってくれる人を見つけないと。たとえどんな代償を払ったとしても」

わたしはまたニナのほうをちらりと見た。プールまであと数歩というところまで来ている。

「つまりね、どんなに気をつけていても、目が届かないことがあるのよ、アマンダ。どうしてあの子を見ていなかったのかわからない。とにかくあのときは、息子ではなく、あの忌々しい馬のことで頭がいっぱいだったの」

カルラと同じことが自分に起きたらどうするだろう、と思う。わたしはいつも最悪の事態を想定する。今も、もしニナが急にプールに向かって駆けだし、ドボンと飛びこんだとしたら、とっさに車を飛びだしてニナのところまで行くのにどれくらいかかるか計算している。わたしはこれを〝救出の距離〟と呼んでいる。娘とわたしのあいだに、その折々に横たわる距離のことだ。わたしは一日の半分をその計算に費やしている。とはいえ、そんなのはいつも取り越し苦労なのだけれど。

「どうするか決心がついたとき、もう後戻りはできなかった。考えれば考えるほど、ほかに手はないと思えたの。あたしの不安がうつったせいか、泣いていたダビを抱きあげると、家を出た。オマルはほかの二人と馬を囲んで何か言いあい、ときどき頭を抱えていた。ご近所さんたちがもう二人、敷地の奥のほうからこちらを見ていて、ときたま議論に加わっては、あたりに響き渡るような大声で意見を言った。あたしは誰にも気づかれないよう、こっそり通りに出たの」カルラは、庭の奥のほう、門の向こう側を手で示した。「あたしが向かったのは〈緑の家〉だった」

「緑の家って?」

煙草の最後の灰が胸の谷間に落ち、カルラはそれを軽くふっと息で吹き飛ばすと、ため息をつく。あとで車を掃除しなければ、とわたしは思う。夫はそういうことにとてもうるさいのだ。

「このあたりの住人はときどき行くの、あちら側に。救急診療所で医者を呼んでも来るのに何時間もかかるし、しかも連中は何をどうしていいか、ちっともわからないときてる。だから、いよいよってときには〈緑の家〉の女先生に頼るの」カルラは言う。

　ニナはデッキチェアーのバスタオルの上にモグラのぬいぐるみを置き、さらにもう数歩プールに近づく。わたしは思わずシートから体を起こす。カルラも様子を見ているけれど、彼女にはちっとも危険に思えないらしい。ニナはしゃがみこみ、プールの縁に腰を下ろして、足を水に浸している。

「自分は占い師じゃない、と先生はいつもはっきり言う。そうじゃなくて、人のエネルギーが見えるらしいの。それを読むのよ」

「〝読む〟って、どういうこと？」

「相手が病気かどうか見分け、負のエネルギーが体のどこにあるか言い当てるの。頭痛や吐き気、肌のただれ、血痰やら何やら、みんな治してしまう。間に合えば、流産だって止められる」

「流産って、そんなによくあることなの？」

「全部エネルギーの問題なんですって」

「わたしのおばあちゃんもいつもそう言ってたわ」

「彼女がすることは、エネルギーを感知して、それが悪いものなら食い止め、いいものであれば流動させるの。この村では、彼女のところに行く人は多いし、村の外の人間さえ来ることがある。家の裏に彼女の子供たちが住んでいてね。七人の子、全員が男。彼らが先生の世話をし、必要なものはみんな調達してくる。だけど、けっして家の中には足を踏みいれないらしいわ。ニナがいるプールのところに行く？」

「いいえ、いいの。気にしないで」

「ニナ！」カルラが娘を呼び、そのとき初めてニナはわたしたちが車の中にいることに気づく。

ニナがにっこり笑う。尊い笑顔だ。えくぼができて、鼻に少しだけ皺が寄る。立ちあがり、デッキチェアーからモグラを拾いあげると、こちらに走ってくる。カルラが後部座席に手を伸ばし、ニナのために後ろのドアを開ける。今日初めてこの車に乗ったとは思えないくらい、運転席に座ったままごく自然にふるまっている。

「でも、煙草を吸わずにはいられないのよ、アマンダ。ニナには申し訳ないけど、もう一本もらわないとこの話を終えられない」

わたしは、別にかまわないというしぐさをして、煙草の箱をまたさしだす。

「煙は外に吐いて」ニナが座席に這いあがるのを見ながら告げる。

「ママ」

「なあに、かわいこちゃん」カルラが言うが、ニナはそれには耳を貸さない。

「ママ、ぺろぺろキャンディーの箱、いつ開けるの？」

パパにそう教えられてきたので、座るとすぐにシートベルトをつける。

「もうちょっと待って」

「わかった」ニナが言う。

「さて」カルラが言い、そのとき初めてわたしは、彼女が始める前に見せていたあの感情の高ぶりが話をするうちに消えていることに気づく。もう泣いていないし、ハンドルに顔を突っ伏してもいない。たびたびの中断を気にすることもなく話しつづける。まるですべての時間を思いのままにし、過去を振り返るそのひとときを心から楽しんでいるかのように。ねえダビ、わたし思うの。あなたが以前と比べてそこまで変わってしまったなんてこと、あるのかしら、と。もしかしてカルラは、そうやってすべてを語り直すことで、あれほど恋しがっているもう一人の息子をつかの間でも取りもどそうとしているのかも、と。

「女先生がドアを開けてくれたとたん、あたしはダビをその腕に押しつけた。でも、ああいう人たちは不思議な力を持っているだけでなく、分別ってものがあるから、ダビをそのまま床に下ろして、あたしに水を一杯くれたの。そして、あたしが多少なりとも落ち着くまで話をさせようとしなかった。水を飲んだおかげで少しはわれに返り、実際、こんなに不安に駆られているのは気が動転しているだけかもしれない、たとえば馬は何か病気だったとか、ほかの可能性だってあるかもしれない、と考える余裕ができたの。先生はダビをじっと観察した。ダビ自身は、テレビ台の上に飾られたミニチュア人形を並べて遊んでいた。先生はダビに近づいて、しばらくあちこちさわっていた。そ知らぬふりで方々じっくり眺め、ときどき手を肩に置いたり、あの子の顎を支えて目をのぞきこんだりした。『馬はもう死んだよ』女先生は言った。誓って言うけど、あたしはまだ馬のうの字も口にしてなかったのよ。ダビにはまだ時間がある、何時間か、あるいは一日もつかもしれない。でも、まもなく人工呼吸器につながれるはめになる、と続けた。『毒のせいだよ。心臓が毒にやられちまう』あたしはただ先生を見つめていた。凍りついたように、言葉ひとつ口に出せずに。どれだけそうやっていたのかさえ、記憶にないわ。すると先生が恐ろしいことを言ったの。この子は死にかけているという宣言だって霞むほど、はるかに恐ろしいことを」

「何て言ったの？」ニナが尋ねた。

「ああそうだった、キャンディーの箱、もう開けたんだった」わたしが言う。

ニナはシートベルトをはずすと、モグラをひっつかみ、家へ一目散に走っていく。

「ダビの体は毒に耐えられないから、このままでは死んでしまうが、移住させることはできるかもしれない、と言ったの」

「移住？」

カルラはまだ吸い終わっていない煙草を揉み消し、腕を体の脇にだらりと伸ばしたままにする。まるで、煙草を吸っただけで疲労困憊してしまったかのように。

「手遅れになる前にダビの魂を別の体に移住させることができれば、毒の一部がいっしょに出ていくと言うの。二つの体でそれを分けあうことが、助かる唯一のチャンスだと。必ず助かるとはいえないけれど、うまくいくこともあるって」

「うまくいくこともある、ってどういうこと？　先生は今までにもやった経験があるわけ？」

「ダビを救うにはそれしか方法がなかったの。先生はあたしにお茶を出した。これをゆっくり飲んで、気持ちを落ち着けて、そうすれば判断しやすくなるからと言って。でもあたしはそれをふた口で飲み干した。聞いたことをすぐに整理することさえできなかった。頭の中で罪悪感と恐怖がもつれて絡まり、全身がぶるぶる震えていた」

「でも、そんな話、信じたの？」

「そのときダビが転んだの。というか、転んでなかなか立ちあがれないように、あたしには見えた。お気に入りの戦士の絵がプリントされたTシャツの背中をこちらに向けていて、起きあがるのに力を振り絞っているみたいだった。やってもやってもうまくいかない不器用な動きで、何年か前の、歩きはじめたばかりのあの子を思いだしたわ。本当ならもうそんなふうに頑張らなくてもいいはずだから、もうカウントダウンが始まっているんだとわかった。こちらを振り返ったとき、あの子は眉をひそめていた。いつもと違う表情だったの。まるでどこかが痛むみたいに。思わず駆けよって抱きしめた。力いっぱい抱きしめたのよ、アマンダ。誰が何をしても、この子をこの腕から奪うことはできないとばかりに。あの子の少し速い息の音が耳のすぐ近くで聞こえたわ。先生は、やさしく、でも有無を言わせないしぐさで、あたしたちを引き離した。ダビは椅子の背に体をぐったりともたせかけて座り、目と口をこすりはじめた。『急がないと』と先生が言ったの。あたしは、ダビは、ダビの魂はどこに行くんですか、と尋ねた。近くにいられるのか、いい家族のもとに行けるようにしてあげられるのか、とも訊いた」

「あなたの話、よくわからないわ、カルラ」

「わかるはずよ、アマンダ。完璧にわかっているはず」

わたしはカルラに、何もかも馬鹿げてると言いたかった。

それはきみの意見にすぎない。重要なことじゃないよ。

だって、そんな話、とても信じられないもの。だけど聞いているほうとしては、そんなのありえないと怒って、途中でさえぎるわけにもいかないでしょう?

「家族は選べない、と先生は言った」カルラは言った。「どこに行くかは知りようがないと。そして、移住はそれだけでは終わらない、とも言われたわ。一つの体に魂は二つ入れないし、魂のない体というのもありえない。だから移住が起きると、ダビの魂は健康な体に移るけれども、見知らぬ誰かの魂も病気の体に移ってくる。それぞれの魂の一部がたがいの体に存在することになり、もはや元のままではなくなる。だからあたしは、新形態のダビを受け入れる覚悟を決めなければならなかった」

「新形態のダビ?」

「だけどあたしにとっては、あの子の行く先がとても大事だったのよ、アマンダ。でも女先生は、いや、知らないほうがいいと言った。大事なのはダビを病気の体から解放すること、そして、たとえダビがその体からいなくなったとしても、何が起きようとあたしがその体に対して責任を持つことだと。あたしはその約束を受け入れなければならなかった」

「でもダビは……」

「その提案についてあれこれ考えていたら、ダビがまた近づいてきて、あたしに抱きついたの。目が腫れていた。まぶたが赤くなり、あの馬みたいに皮膚がふくれてぴんと張りつめていた。泣きわめいてはいなかった。声も出さず、まばたきもしないまま、涙がはらはら落ちていた。力なく怯えていた。額にキスをしたら、熱があることに気づいたわ。すごい熱だったのよ、アマンダ。このときもうあたしのダビは天国を見ていたんだと思う」

あなたのママはハンドルを握り、わたしの家の門のほうを見ている。彼女は話の中でまたあなたを失おうとしていた。物語の明るくハッピーなパートはもう終わり。数日前に彼女と知りあったときには、わたしと同じく、彼女も家を借りて一時的にそこに滞在しているのだとばかり思っていたの。夫がその近辺で仕事をするあいだだけ。

彼女が地元の人間じゃないって、どうして思ったの？

たぶん都会的に見えたからじゃないかな。カラフルなブラウスとか、しゃれたまとめ髪とか、すごくフレンドリーなところとか、まわりとは全然違っていた。でも今は彼女のせいで気を揉んでいる。また泣きだしたことも、夫の車からいっこうに降りようとしないことも、ニナが一人で家の中をうろうろしていることも心配。ぺろぺろキャンディーを見つけたらすぐに車にもどってきなさいと言っておけばよかった。ここで話していることはニナには何の関係もないし、むしろ聞かせたくない話だけど。

「カルラ」とわたしは声をかけた。

「わかりました、やります、とあたしは先生に告げたわ。すべきことをします、と。別の部屋に移動しよう、と先生は言った。ダビを抱きあげると、あの子はあたしの肩でほとんど気を失っていた。体が熱いし、感触がいつもと違うほど腫れていたわ。先生は廊下のつきあたりにある奥の部屋を開けた。それから戸口で待つように身振りで示し、自分だけ中に入っていった。部屋の中は真っ暗で、外からでは先生が何をしているかほとんどわからなかった。でも、まず大きな洗面器を持ってきて、部屋の中央に置いた。水の音が聞こえたとき、まずはバケツからそこに水を注いだんだとわかったの。集中しているのか、あたしたちの前を素通りしてキッチンに向かい、途中で振り返って、ちらりとダビを見た。あの子の姿かたち、あるいは体の大きさを、頭に入れようとしているみたいだったわ。大きな麻糸の玉とポータブルの扇風機を持ってもどり、また部屋に入った。ダビの体はかっかとほてっていて、引き離されたとき、あたしの首や胸が汗で濡れていた。動きがすごく速くて、先生の手が闇からにゅっと出てきたかと思うと、ダビを抱いてまた闇に消えたみたいに見えたわ。あの子をこの腕に抱いたのは、それが最後だった。先生はまた部屋の奥から現れたけれど、その腕にダビの姿はなかった。彼女はあたしをキッチンに連れていき、またお茶を煎れてくれた。ここでしばらくじっと待たなければいけない、と言われたわ。家の中をうろうろ動きまわったりすれば、知らず知らずのうちにほかのものも、つまり動かしてはいけないものまで動かしてしまうと。移住の作業では、出かける準備ができている者だけが動くようにしなければならない、と先生は言った。あたしはティーカップを握りしめ、頭を壁に押しつけた。先生はそれ以上何も言わずに、廊下を遠ざかっていったの。そのあいだ、ダビはあたしを呼びもしなかったし、何かしゃべったり泣いたりする声も聞こえなかった。少しして、そう、たぶん二分ぐらいだったと思うけれど、部屋のドアが閉まる音がした。目の前にはキッチンの棚があって、そうして座っているあいだ、そこに置かれた大きな写真立てから、すでに成人した先生の七人の息子たちがずっとあたしを見守っていた。もろ肌脱いだ上半身は陽に焼けて赤くなり、熊手にもたれかかってみんなほほ笑んでいる。背後には、収穫を終えたばかりの広大な大豆畑が広がっている。あたしはそうして身動きひとつせず、長いあいだ待っていた。たぶん二時間ぐらいはかかったと思うわ。ずっとお茶を飲みもせず、壁から頭を起こしもしなかった」

「そのあいだ、何か聞こえたの？」

「何も。すべて終わったとき、ただドアが開いた。あたしは体を起こして、お茶を脇にどけた。全身が緊張していたけれど、立ちあがる気にはなれなかった。立ちあがれるかどうかもわからなかったし。聞き覚えのある先生の足音は聞こえたけれど、ほかには何も聞こえなかった。途中で足音が止まり、でもまだ彼女の姿は見えなかった。すると、先生があの子に呼びかけたの。『さあ、ダビ、ママのところに行こう』あの子を見たくなかったのよ、アマンダ。それより逃げだしたかった。なんとかして。走ったら、二人がキッチンに到着する前に玄関にたどり着けるだろうか、と考えていた。だけど動けなかった。するとあの子の足音が聞こえた。そっと木の床を踏む音が。四、五歩歩くたびに途切れ、するると先生の足音も止まって、あの子が歩きだすのを待っているようだった。そしてとうとうキッチンのそばまでやってきたの。すでに乾いた泥か埃で汚れたあの子の小さな手が、壁を手探りしながら体を支えていた。そのとき視線がかちあったの。でもあたしはすぐに目を逸らした。先生があの子をこちらに押しやり、あの子はよろめくようにしてもう何歩か進み、今度はテーブルに手をついた。あたしはそのあいだずっと息を詰めていたような気がする。あの子が自力でこちらに一歩踏みだしたとき、ようやくまた呼吸ができるようになり、あたしはあわてて後ろに飛びのいた。あの子の顔はひどく赤らんでいて、汗をかいていたわ。足が濡れていて、踏みだすたびに湿った足跡がついたけれど、すぐに乾いた」

「で、息子さんの体を抱きとめなかったの、カルラ？　抱きしめてあげなかったの？」

「あたしはあの子の汚れた手をじっと見ていた。テーブルの縁をまるで手すりみたいに伝って進んでいた。そのときあの子の手首を見たの。手首と、そのもう少し上のところにも、ブレスレットみたいな細い線があった。たぶん麻糸の跡だと思う。『残酷に思えるかもしれないけれど』あたしの表情を見て、先生もダビに続いてこちらに来て言った。『魂だけを行かせなきゃならなかったからね』あの子の手首をさすり、弁解するように続けたわ。『体はここに残さなきゃならなかった』先生はそこで欠伸《あくび》をした。そう言えば、キッチンにもどってからずっと欠伸しどおしだと気づいたの。移住の影響なんだ、と彼女は言った。覚醒が完了したら、この子にも同じことが起きると言われたわ。口を大きく開けて欠伸をしてもらい、〝魂を立ち去らせ〟なければならなかったからねと」

「それで、ダビは？」わたしは尋ねた。

「先生はあたしの横にあった椅子を引いて、ダビに座るように促した」

「あなたは？　息子さんに触れもしなかったの？　かわいそうに」

「先生はもう一杯お茶をふるまったあと、あたしたちの再会の様子をこっそり観察してたわ。ダビは椅子に這いあがるのに苦労していたけど、あたしはどうしても手伝えなかった。あの子は自分の手をじっと見ていた。『早く欠伸をしてもらわないとね』先生は手で口を押さえながら大欠伸をした。先生もお茶を手にテーブルにつき、あの子を心配そうに見ていたわ。経過はどうだったんですか、とあたしは尋ねた。『思った以上にうまくいったよ』彼女は言った。移住で毒の一部が移動し、今では二つの体で分けあっている。こちらが勝利を収めそうだと」

「それ、どういう意味?」

「ダビは生き延びられそうだってこと。ダビの体も、新しい体に移ったダビも」

わたしはカルラを見、するとカルラもわたしを見る。まるでピエロみたいな、作り笑いにしか見えない笑みを浮かべて。だからわたしは一瞬とまどって、ここまで長々と話してきたことは全部、たちの悪い冗談だったのかと思う。でも彼女は言う。

「こうしてあたしのダビは生まれ変わった。あの怪物に」

「カルラ、話の腰を折って悪いけど、ニナがどうしているか見に行かなきゃ」

彼女はうなずき、またハンドルに置いた手に目をもどす。わたしは車を降りる支度をはじめ、でもカルラのほうにはそうするそぶりはない。つかの間迷ったけれど、彼女は大丈夫そうだし、今となってはニナのことが本気で心配になっている。だって、どこにいるかわからなければ、救出の距離を測りようがないから。わたしは車を降りて、家に向かって歩きだす。そよ風が吹いていて、シートに座っているあいだに汗ばんでいた背中や脚がすうすうする。すぐに窓ガラスの向こうにニナの姿が見え、リビングの椅子をずるずると引きずってキッチンに持っていこうとしているのがわかる。何も問題なしと思いながらも、歩みを緩めない。何も問題ないわ。玄関ポーチの三段の階段を上がり、網戸を開けて閉める。きちんと差し錠をかける。習慣だから、無意識にそうしている。それから網戸に額を押しつけて車のほうを見ると、運転席からアップにした髪がのぞいている。どんな動きも見逃すまいと、わたしは用心深く観察している。

彼女はあなたのことを〝怪物〟と呼んだ。わたしもそのことが頭から離れない。今のあなたが何かはわからないけれど、そうなってしまったことが、そのうえ母親に〝怪物〟なんて呼ばれていることが、さぞ悲しいでしょうね。

誤解してるみたいだな。そういう話題はこの話を続けるのにあまりよくない。ぼくはふつうの男の子だよ。

こんな状況、とてもふつうじゃないわよ、ダビ。あたりには闇がたちこめ、あなたはわたしの耳元で話をしている。これが現実に起きていることなのかさえ、じつははっきりわからない。

現実に起きてることだよ、アマンダ。ぼくは、救急診療所の診察室にある、きみのベッドの横でひざまずいている。時間があまりないんだ。タイムリミットが来るまでに、正確な時点を見つけないと。

じゃあニナは？　もしこれが現実なら、ニナはどこなの？　ああ大変、ニナはどこ？

それは重要なことではない。

何より大事なことよ。

重要ではないんだ。

もうたくさんよ、ダビ。これ以上、続けたくない。

もし続けないなら、きみにこうして付き添いつづける意味はない。ぼくは行くよ。きみはひとりぼっちだ。

それはいや。お願い。

じゃあ、それから庭の様子はどうなる？　きみは家の入口にいる。網戸に額を押しつけている。

そうね。

で？

カルラのおだんご髪が少し後方に動く。脇のほうを見ようとするかのように。

ほかには？　その瞬間、ほかに何が起きる？

わたしは体重をのせる脚を別のほうに変える。

なぜ？

そのほうが楽だったから、ただそれだけ。最近は、立っているだけですごく疲れてしまって。一度夫にそう訴えたことがあって、そのときは少し鬱っぽいんじゃないかと言われた。訴えたのはニナが生まれる直前だったから。気分は今も変わらないけど、それはこの際どうでもいい。とにかく、少し疲れてるだけよ、と自分に言い聞かせてる。でもときどき、毎日いろいろな問題が降りかかってきて、ほかの人たちより負担が大きいんじゃないかって気がするの。

それからどうなる？

ニナが近づいてきて、わたしの脚に抱きつく。

「どうしたの、ママ？」

「シーッ」

あの子はわたしから離れて、いっしょに網戸に寄りかかる。すると車のドアが開く。カルラがまず片脚を、そのあともう片方の脚も外に下ろす。ニナがわたしの手を握る。カルラは体を起こし、バッグをつかんで、ずれたビキニを整える。こちらにもどってきて、わたしたちのことを見つけるかもと思ったけれど、そうはせず、庭のこちら側にあるサンダルさえ取りに来ないまま、バッグを脇に挟んで門のほうへそのまま歩いていく。まっすぐに、歩くときにものすごく集中しなくちゃいけないロングドレスでも着ているみたいな足取りで。あなたのママが通りにたどり着き、生け垣の向こうに姿を消したとき、ようやくニナは手を放す。ねえ、ニナは今どこなの、ダビ？　どうしても知りたい。

〝救出の距離〟について、もう少し教えて。

状況によって違うわ。たとえば、この家に到着したとき、最初の数時間はニナからけっして離れたくなかった。出入口がいくつあるか、床が抜けそうな場所はないか、階段がきしむのは危険な兆候ではないか、まずは確かめなきゃならなかった。そして、そういう危ない場所を一つひとつニナに教えたの。あの子は怖がりじゃないけれど、まだまだ親の言うことをおとなしく聞いてくれる。二日目になって、わたしたちを結ぶ見えない糸はまたそろそろと伸びた。でも、糸はそうして確かにそこにあるとはいえ、一日目よりは張りが緩み、わたしたちが一人になる時間がときどきできるの。だけど、救出の距離なんて、今重要？

とても重要だよ。

わたしは今、ニナの手を握ったままキッチンに向かっている。あの子をスツールに座らせ、わたしはツナサラダを少しつくる。ニナが「あのおばさん、もう行っちゃった？　ほんとにほんと？」と尋ね、うん、行っちゃったよ、とわたしが答えると、庭に続くドアから外に駆けだし、笑ったり大声でわめいたりしながらあたりをぐるっと一周して、またもどってくる。時間にして一分もなかったと思う。わたしはあの子を呼び、テーブルにつかせる。あの子は少しだけ食べ、また外に飛びだして、家のまわりを走って一周する。

なんでそんなことをするの？

ここに来てから、しきりにそうしたがるの。昼食のたびにあたりを二、三周走る。

それは大事なことだ。虫どもと関係があるかもしれない。

ニナが大窓の向こうに通りかかると、ガラスに顔を押しつけ、わたしたちは笑みを交わす。いつもはあの子が元気いっぱいはしゃぐたび幸せな気分になるのだけれど、ここに来てからは、そうして走りまわるあの子に不安を感じるの。カルラの話でわたしたちを結ぶ見えない糸がふいにぴんと張り、救出の距離がまた縮んだ。今と六年前のダビでは、何が違うの？　母親がわが子として認めないようになるなんて、あなたはいったいどんな恐ろしいことをしたの？　その疑問が頭からどうしても離れないのよ。

でも、そんなことはちっとも重要ではない。

ニナがツナサラダを食べ終わると、わたしたちは買い物用に空《から》のバッグをもって、いっしょに車に乗りこむ。あの子は後部座席に座り、シートベルトを締めて、あれこれ質問を始める。あのおばさんは、車を降りたあとどこに行ったの？　あたしたち、どこに食べ物を買いに行くの？　村にはもっと子供がいる？　犬を撫でてもいいかな？　この家のまわりにあるたくさんの木はみんなあたしたちの？　でもさ、そもそも、とモグラにベルトを締めてやりながら言う。ここの人たちに言葉は通じるの？　車の灰皿はきれいになっていたし、窓もみんな閉まっていた。わたしは運転席の窓を下げ、いつカルラはこんなふうに後始末をしてくれたんだろうと思う。日光とともにさわやかな風が吹きこむ。陽ざしは今や、刺すように強くなっている。車はのろのろと静かに進む。わたしとしてはこういう運転が好きなのだけれど、夫が運転するときはこうはいかない。でも今は、休暇中のわたしが運転手。ゴミ溜めだの地面にできた穴ぼこだのを避けながら、週末用の別荘や地元住民の家のあいだを走っていく。都会にいるときには運転はできない。神経がぴりぴりしてしまうから。こういう細かいことが大事だと、あなた言ったわよね？

うん。

村の中心部からは十二ブロックも離れていて、近づくにつれて、家々がどんどん小さく粗末になっていく。狭い土地の中で自分の場所を確保しようとそれぞれ必死になっていて、庭もなければ、木々も少ない。最初に現れる舗装路は、村の中央を十ブロック分ぐらいつっきる大通り。たしかに舗装はしてあるけれど、土がたっぷり積もっているから、運転の感触はあまり変わらない。車で村と行き来をするのはそれが初めてで、午後じゅう使って夕食のメニューを考えながらゆっくり買い物ができるわよ、よかったね、とニナに話す。中央広場で規模は小さいながら市場が開かれているので、わたしたちは少し手前で車を停め、そこまで歩くことにする。

「モグラは車に置いていきなさい」とニナに告げる。

するとニナは「仰せのままに、奥さま」と答える。わたしたち、ときどきふざけて、こんなふうにお金持ちの奥さまみたいな気取った話し方をするの。

「奥さま、カラメルがけアーモンド《ガラビニャーダ》などいかがかしら？」わたしはニナが車を降りるのを手伝いながら言う。

「わたくしたちといたしましては、よくってよ」ニナは答える。あの子、気取った会話をするときにはいつも複数形でしゃべることに決めているの。

複数形でしゃべるの、いいね。

架台の上に板を置いたり、地面にシートを敷いたりした即席のお店が七軒しか並んでないけれど、どれも別荘の農園で採れたものや職人がこしらえた上等な食材ばかりよ。わたしたちはフルーツや野菜、ハチミツを買う。ヘセルさんに、村で有名らしい全粒粉のパンを売るパン屋さんを勧められたので、そこにも行き、三つ買う。たぶんそれでお腹いっぱいになりそう。年のいった二人の店員が、ニナにミルククリームのたっぷり入った揚げドーナツをひとつくれて、ひと口食べてみたニナが「まあ、なんておいしいんでしょう！　わたくしたち、これ大好きですわ！」と言うと、店員たちはほとんど泣きださんばかりに笑った。プール用の空気ビニール人形はどこで手に入りますか、と店員に尋ねると、ホームセンターへの行き方を教えてくれる。大通りの向こう側を、湖に向かって三ブロックほど行かなければならないらしい。でも、まだ元気があり余っているので、車に買ったものを置いて、歩いていくことにする。ニナはホームセンターでシャチの人形を選ぶ。シャチはひとつしかなかったけれど、絶対にこれと決めているみたいに、迷わずそれを指さす。わたしが支払いをするあいだ、あの子はわたしから離れる。わたしの背後のどこか、家電売り場とガーデニング用品売り場のあいだを歩いていく。わたしのところからは姿が見えないものの、糸がぴんと張っているから、どこにいるかすぐにわかる。

「ほかにも何かお求めですか？」レジ係の女性が尋ねる。

甲高い叫び声が二人のあいだに割りこむ。ニナの声じゃない、とまず思う。鳥が子供の声を真似して鳴いているみたいな、途切れ途切れのきんきん声だ。キッチン用品の通路からニナが走ってくる。興奮していて、驚いているけれどどこか楽しんでもいるような感じもあり、わたしの脚にわっと抱きつきながら、通路の奥をおずおずと眺めている。レジ係はため息を漏らすと、カウンターをまわってこちらに出てくる。ニナはわたしの手を引っぱり、レジ係を追って通路を歩いていく。もっと向こうで、レジ係が腰の両側にこぶしをあてがっている。見るからに憤慨している様子だ。

「ママ、あなたに何て言った？　どんな話をしたっけ、アビガイル？」

途切れ途切れの叫び声がくり返されたが、さっきより声が弱まり、しまいには遠慮がちになる。

「さあ、行くよ」

レジ係が別の通路のほうへ手をぐいっと引き、こちらのほうを向く格好になったとき、小さな手がその手にいっしょにくっついてきた。少女の姿がゆっくりと現れる。まだふざけているのかと最初は思った。足を引きずっているので猿みたいに見えたからだ。でもやがて、片脚がとても短いことに気づく。膝から下がほとんどないのに、それでもその先には足がついている。少女が顔を上げてこちらを見たとき、額がとても広くて、顔の半分以上を占めていることがわかる。ニナがわたしの手をぎゅっと握り、引き攣《つ》った笑いを漏らす。ニナがこういう子を見ておくのはいいことだ、と思う。人はみな必ずしも同じではないと知り、出会ってもいちいち怯えたりしない訓練になる。でも心の奥では、もしあの子が自分の娘だったらどうしよう、と思う。やっぱり恐ろしいし、あなたのママの話がよみがえってくる。あなたのことを、もう一人のダビのことを、指が一本ない最初のダビのことを考える。でも、今目にしているものはそれ以上に恐ろしい。わたしにはとてもやっていけないと思う。でもレジ係は辛抱強く少女の手を引いてこちらに歩いてくる。髪のない頭を、まるで埃でもついているかのように手で払ってやり、やさしく何か話しかけている。聞こえないけれど、わたしたちについて何か話している。その少女のこと、あなたは知ってる、ダビ?

うん、知ってるよ。

あなたの一部は彼女の中にあるの?

それはぼくの母親の話だ。きみにもぼくにも、そんなことにかかずらっている時間はない。虫を、虫に似たものを見つけて、そいつらが最初にきみの体に入りこんだのはいつか、正確につきとめなきゃならない。

「あれは誰、ママ?」ニナが言う。

もう気取った話し方はどこかに消えている。二人が近くに来ると、ニナは少し後ずさりし、距離を取ろうとする。わたしたちは電子レンジに寄りかかって、二人のために場所をあけた。少女はニナと同じくらいの背丈だけれど、年齢は判然としない。たぶんニナより年上で、あなたと同じくらいかも。

時間を無駄にしないで。

でもね、あなたのママはあの少女を、その母親を、一連の事情を、知っていると思うの。そして、レジ係がカウンターをまわって向こう側へ行き、カウンターの陰になって少女の姿が見えなくなっても、わたしはあなたのママのことを考えつづけている。レジ係はレジのボタンを押し、わたしに向かって悲しそうにほほ笑む。彼女はあれこれやるのに両手を使い、片手でボタンを押して、もう一方の手でわたしが差しだしたお金を受け取る。だから、少し前は、ああ、どうやってあんな子の手を握っていられるんだろうと思ったくせに、今は逆に、どうしてあの子の手を放したりするの、と心の中で非難している。わたしは何度もありがとうと言いながら、そんな自分に罪悪感と後悔を覚え、お釣りを受け取る。

それから?

家に帰り、ニナはお昼寝をする。こんなに遅い時間にシエスタをするのは、夜なかなか寝つけなくなるからあまり利口じゃない。でも今は休暇中で、だからここに来ているんだもの。少しぐらい羽目をはずしてもいいよね、と自分に言い聞かせる。わたしが買ってきたものを片づけるあいだに、ニナはリビングの肘掛け椅子でぐっすり眠ってしまう。何か思いがけないことでも起きないかぎり、ニナは少なくとも一、二時間は寝てくれるとわたしは知っている。それから緑の家について考え、ここからどれくらいのところにあるんだろう、と思う。緑の家っていうのは、あなたを治療した女性が住んでるところよ。

知ってる。

毒を飲んでしまったあなたを救ってくれたの。

それは重要なことではない。

どうして？　それこそ、わたしたちが理解しなきゃいけない経過の一部じゃないの？

いや、経過の一部なんかじゃないし、正確な時点の見極めとはいっさい関係ない。気を散らさないで。

でもね、危険の度合いを測る必要があるの。計測しなかったら、救出の距離を計算できない。ここに着いたときすぐに家や周辺を調べたように、今度は緑の家を見にいって、それが果たした役割の重さを理解しなくちゃ。

その救出の距離とかいうものを計測しはじめたのはいつ？

母から受け継いだのよ。「母さんのそばにいなきゃだめよ」といつも言ってた。「救出の距離を保ってないと」って。

きみのお母さんのことはどうでもいい。先を続けて。

わたしは外出する。家の中は何も問題ないし、そのへんを散歩するくらいなら十分程度で帰ってこられると思って。ニナはよく眠っていて、もし起きても一人でおとなしくしていられる。自宅では、わたしが朝食用にちょっと買い物に出かけたときとか、いつもそうしているから。湖とは反対側のほうへ、緑の家のほうへ行くのは初めてだったのよ。「遅かれ早かれ悪いことは起きる」母はよくそう言った。「そうなったとき、おまえのそばにいたいの」と。

お母さんのことは関係ない。

家々や別荘、農地を眺めながら歩くのは楽しいわ。このまま何時間でも歩いていられそう、と思う。

かもね。ぼくも夜歩くよ。

カルラがそんなこと許してくれるの?

ぼくのことを今話したのは間違いだった。きみに話をもどそう。散歩はどんな感じ?

速足で歩いている。呼吸がリズミカルになって、思考が単純になり、散歩のこと以外、全部頭から消えてしまう、そういう感じが好きなの。

いいね、それ。

車の中でのカルラの手の動きを思いだしている。「このあたりの住人はときどき行くの、あちら側に」と言って、腕を右に伸ばした。手に持っていた煙草がわたしの口の高さで揺れ、それが方向を具体的に示した。もっと広い土地を所有している家々がある、こちら側のほうを。なかには畑をもつ農家もある。大半ヘクタールほど広がる農地の一部は小麦やヒマワリ畑だけれど、大部分は大豆畑ね。農地を何区画分か進むうちに、長いポプラ並木が現れ、それが途切れたところで右のほうへ続く細道がある。その道沿いに、細いけれど深そうな小川が流れている。

うん。

その川辺に、ちょろちょろと流れる黒っぽい水と次の農地の金網のフェンスのあいだに押しこまれるようにして、ぼろ屋が何軒か並んでいる。その中のいちばん奥から二軒目の家の壁が緑に塗られている。だいぶ色褪せているけれど、それでも強烈な色で、景色の中で浮いて見える。ふと足を止めると、草叢《くさむら》から犬が現れる。

それは重要だ。

どうして？　何が重要で、何がそうでないか教えてよ。

その犬がどうした？

息をハアハアさせて、尻尾を振っている。それに、後ろ肢が一本ないの。

うん、それはとても重要だよ。ぼくらが見つけようとしているものとすごく関係している。

犬は通りを渡り、ちらりとわたしを見て、家々のほうへ行ってしまう。なぜか人の姿はまったく見当たらない。違和感を覚えると、いつもそれが黄信号のような気がするの。だから家にもどることにする。

いよいよ何かが起きようとしている。

そうね。家に帰りつくと、玄関先でカルラが腰を下ろしているのが見える。家から数歩離れ、上のほうを、たぶん部屋の窓を見ているらしい。赤いコットンのワンピースを着ていて、下にまだつけているビキニのストラップが肩からのぞいている。彼女はいつも家に入ろうとせず、外でわたしを待っている。おしゃべりするのも、外で陽ざしを浴びながら。たとえわたしがレモネードのお代わりを取りに行ったり、日焼け止めを塗ったりするために家に入ったとしても、彼女は外で待ちたがるの。

うん。

そして今、わたしの姿を認めると、立ちあがる。何か言いたいことがあるけれど、わたしに近寄るべきか否か、迷っているみたい。どうしたらいいか、決めかねているように見える。そのとき、まるで雷に打たれたかのように突然、糸がぴんと張るのをはっきりと感じる。正確なところがまだわからない、救出の距離を。

そこから直接、問題の瞬間につながる。

カルラが手振りをする。どういうことかわからない、というように両手を曖昧に振りあげるの。とたんにわたしは、最悪の事態が起きた、そんなぞっとする感覚に襲われる。

「何？　どうしたの？」わたしはわめき、今やほとんど走るようにして彼女に近づく。

「あなたの家にいる。ダビがあなたの家の中に」

「どうやって中に？」

カルラが、二階にある娘の部屋の窓を指さす。窓に押しつけた手のひらが見え、その直後、にこにこ笑うニナの顔が現れる。たぶん椅子か机にのっているのだろう。わたしに気づき、窓越しに手を振る。なんだか楽しそうだし、落ち着いているように見えるので、つかの間、わたしの危機意識が誤作動したんだ、いやな予感はみんな間違いだったんだ、と思ってほっとする。

でもそうじゃない。

そのとおり。ニナが何か言ったけれど、わたしには聞こえない。するとあの子は手をメガホンみたいにして、興奮した様子でもう一度くり返す。そのとき思いだすの。散歩に出かけたとき、暑いからと思って窓をみんな開けっ放しにしたことを。上の窓も下の窓も全部。でもそれが今ではみんな閉まっている。

「鍵を持ってる？」カルラが尋ねる。「二か所あるドアを開けようとしたけれど、どちらも開かなかった」

わたしは小走りに家に近づき、カルラもそれに続く。

「早く中に入らないと」カルラが言う。

こんなの馬鹿げてる、とわたしは思う。ダビはただの子供じゃないの。でも走らずにはいられない。ポケットを手探りし、鍵はもう手の中にあるのに、妙に気が急《せ》いて取りだせない。

「早く、ねえ、急いで」カルラが言う。

ようやく鍵を取りだしながら、この女とは距離を置こうと心に決める。ドアを開けると、彼女もすぐにわたしに続く。どこに何があるかもまだはっきりしない家に娘を探しに入っていくことが、そもそも恐ろしい。不安で不安で、娘の名前さえ口に出せないくらい。わたしが階段を上がると、カルラもついてくる。何にせよ今そこで起きていることも恐ろしいけれど、あなたのママがついに家に入る気になったことも恐ろしかった。

「早く、早く」彼女が言う。

この女をさっさとこの家から追いださなければ。二、三段飛ばしで最初の踊り場まで上がり、さらに段をのぼって二階にたどり着く。廊下の両側に二つずつ部屋がある。最初の部屋には誰もいない。でもさっきニナが手を振ったのはその部屋だから、もしかして二人ともどこかに隠れているのかもと思い、必要以上にそこでぐずぐずしてしまう。二つ目の部屋にも誰もおらず、そんなところにいるはずがないと思える隅っこやありえないような場所までのぞきこむ。内心、何かとてつもなく異常な事態を目の当たりにすることを覚悟しているかのように。三つ目はわたしの部屋だ。それまでの部屋と同じくドアは閉まっていて、わたしはあわてて開け、部屋に二、三歩入る。ダビだ。つまりこの子がダビなのね、とわたしは思う。そのとき初めてあなたを見たのよ。

うん。

あなたは部屋の中央に立ち、ドアのほうを見ている。まるでわたしたちを待っていたみたいに。この人はなんでそんなにあわててるんだろう、とさえ思っていたかもしれない。

「ニナはどこ？」あなたに尋ねる。

あなたは答えない。

そのときはニナがどこにいるか知らないし、きみのことも知らない。

「ニナはどこなの？」わたしはわめくようにしてくり返す。

わたしのあわてようを見ても、あなたは怯えもしなければ驚きもしない。飽き飽きしているか、うんざりしているような感じに見える。皮膚に白い染みさえなければ、どこにでもいるふつうの子供と変わらない、わたしはそんなふうに思う。

「ママ」ニナの声。

わたしは廊下のほうを振り返る。カルラと手をつないでいて、怯えた様子でこちらを見ている。

「どうしたの？」ニナは眉をひそめ、今にも泣きだしそうだ。

「大丈夫なの？　ねえ大丈夫なの、ニナ？」わたしが尋ねる。

ニナはとまどっている。でもそれはたぶん、カルラと彼女の馬鹿げた話に憤慨しているわたしが、怒っているみたいに見えるからだろう。

「何もかもどうかしてる」わたしはあなたのママに言う。「あなた、完全にどうかしてるわ」

ニナが手を放す。

あなたは今ここに一人きりよ、わたしは自分に告げる。この頭のおかしな女をさっさと家から追いだしたほうがいい。

「ダビが関わるといつもこんなふうになる」カルラの目に涙があふれる。

「ダビは何もしてない！」今や本当にわめいていた。どうかしているように見えるのは、今ではわたしのほうだ。「わたしたちを脅《おど》かしたのは、何もかもあなたの妄想……」

わたしはあなたを見ている。あなたの目は赤くて、目や口のまわりの皮膚がふつうより少しつるつるしていて、ピンク色に見える。

「出てって」カルラに言う。でも、わたしが見ているのはあなた。

「行くよ、ダビ」

あなたのママはあなたを待たない。すたすたと立ち去り、階段を下りていく。赤いワンピースとゴールドのビキニを身に着け、背筋をぴんと伸ばして、エレガントな足取りで。ニナの小さくてすべすべした手が、わたしの手を慎重に握るのを感じる。あなたは動こうとしない。

「ママといっしょに行きなさい」とわたしは告げる。

あなたは拒否もしなければ、返事もしない。スイッチが切れたように、ただそこにいる。動こうとしないあなたに困ったなと思うけれど、それ以上にカルラに腹を立てていたから、彼女が本当に家から出ていったかどうか確かめるため、一階に行くほうが先だった。でも、わたしから離れようとしないニナが一段一段下りるのを待たなければならないので、ゆっくり進むしかない。すでにキッチンにたどり着いているカルラは、外に出る前に振り返って何か言おうとするけれど、怒りに満ちたわたしの視線を見て思いとどまり、そのまま黙って出ていく。これが特定しようとしているその瞬間?

違う。その瞬間じゃない。

探しているものが何なのか正確にわからなかったら、見つけるのは難しいわ。

体の中にあるものだ。だけど、すごく見えづらいから、よくよく集中しなきゃいけない。

だから細部が大事なのね。

うん、そう。

でも、その虫たちはどうやってそんなにすばやくわたしたちの中に入ってこられたの? 眠っているニナを一人にしたのはほんの数分なのに、そんな短いあいだに狂気じみた危険に巻きこまれるなんて、ありえない。

これはその瞬間じゃないんだ。ここで時間を無駄にはできない。

どうしてそんなに急がなきゃいけないの、ダビ？　それほど時間がないの？

ないんだよ、時間が。

ニナはまだキッチンにいて、呆然とした顔でこちらを見ながら、なんとか動揺を収めようとしている。わたしはあの子を椅子に座らせ、おやつの用意をする。自分でもひどくぴりぴりしているのがわかるけれど、手作業をしていれば、あの子にあれこれ説明しなくてすむし、考える時間もできる。

「ダビもいっしょにおやつ食べる？」ニナが言う。

わたしは水を火にかけ、上方に目を向ける。あなたの目を思いだし、今もまだ部屋の中央でじっと立っているのかしらと考える。

なぜそんなこと考えたの？　たしかに重要なことだけど。

わからない。今考えると、わたしがぞっとしたのはあなたのせいじゃない。

じゃあ何？

あなたはそれが何か知ってるの、ダビ？

うん。あの虫たちと関係してる。ぼくらはいよいよその瞬間に近づいている。

わたしはびっくりして、スツールに座ったまま背筋を伸ばす。

どうして？　何があった？

あなたが外に、庭にいるのが見えたの。でも、どこからそこへ下りたのかわからない。だって、わたしはずっと階段に注意を払っていたから。あなたは置きっぱなしになっていたカルラのサンダルに近づき、拾いあげると、プールサイドに歩いていってそれを水に放る。まわりを見まわしてカルラのタオルとスカーフを見つけ、それも水に投げる。近くにわたしのサンダルと眼鏡もあり、ちらりと見たけれど、それには興味を示さない。明るいところに出てきたあなたを見て、さっきはわからなかった染みが体にあるのに気づく。かすかではあるけれど、額の右側と口のまわりほぼ全部をひとつの染みが、それに両腕と片脚もそれぞれ別の染みが覆っている。あなたはカルラと似ていて、その染みさえなければ、本当にきれいな子供だっただろうな、と思う。

ほかには？

わたしはほっとする。あなたが出ていってくれたから。あなたがようやく出ていって、心から安堵した。窓を開け、とりあえずリビングの肘掛け椅子に腰を下ろす。そこは監視に役立つ場所で、人口の門も庭もプールも見え、反対側に目を向ければ、キッチンも視野に入る。ニナはまだおとなしく座って残りのビスケットを食べていて、今は家のまわりを勢いよく走りまわるタイミングではないと理解しているみたい。

それから？

決心するの。もうここにはいたくないと思っている自分に気づくのよ。救出の距離の糸は痛いほど張りつめていて、今では娘とほんの数メートルでさえ離れられない。家もその周囲も、村のすべてが不安に思える。わざわざリスクを冒すなんて馬鹿げてる。次にとるべき行動は荷物をまとめてここを出ていくこと、ちゃんとそうわかってはいるの。

何が心配なの？

もうひと晩でもこの家で過ごしたくないけれど、すぐに出発したら、暗い中を長時間運転しなければならなくなる。脅かされてびくびくしているだけよ、ゆっくり休んで、明日気持ちが落ち着いてからあらためて考えたほうがいい、と自分に言い聞かせる。でもね、それが恐ろしい夜になるの。

なぜ？

なかなか眠れなくて、何度も目が覚めたわ。部屋が広すぎるせいかも、とも思った。そしてまた目が覚めたら、まだあたりは暗いまま。雨が降っているけれど、目を開けてぎくりとしたのは、そのせいじゃない。ニナの部屋のドアが開いていて、室内の終夜灯の菫色《すみれいろ》の光が反射して見えたの。声をかけてみたけれど、返事がない。わたしはベッドから出て、ナイトガウンを羽織る。ニナは部屋にもトイレにもいない。まだひどく寝ぼけていたから、手すりをしっかりつかんで階段を下りる。キッチンの灯りがついている。ニナはテーブルについている。小さな裸足の足先が椅子からぶらぶら下がっている。夢遊病の子ってこんなふうなのかしら、と思う。夜あなたのベッドが空で、家の中にもいないことがあるとカルラが言っていたけれど、もしかしてあなたもそうなのかな、と。でも、ええ、わかってる。これも今は重要ではない、そうよね？

そのとおり。

さらにキッチンに近づくと、テーブルの向かいに夫がいることに気づく。ありえない。彼が家に入ってくる音だって、まるで聞こえなかった。夫は週末に到着する予定だったのに。わたしは戸口に寄りかかる。何かがおかしい、何かがおかしい、と心の中でつぶやく。でもまだ目が完全には覚めない。夫はテーブルの上で手を組みあわせ、ニナのほうに身を乗りだして、眉をひそめながら顔をのぞきこんでいる。それからわたしのほうを見る。

「ニナはきみに言うことがあるらしい」と言う。

でもニナは父親から目を逸らさず、テーブルの上で同じように手を組みあわせている。無言のまま。

「ニナ……」夫が言う。

「ぼくはニナじゃない」ニナが言う。

椅子の背もたれに体をあずけ、今まで見たことがないような脚の組み方をしている。

「どうしてニナじゃないのか、ママに説明しなさい」夫が言う。

「これは実験なんです、アマンダさん」ニナはそう言って、缶詰をひとつこちらに押しやる。

夫がその缶詰を手に取り、ひっくり返して、ラベルをわたしに見せる。わたしが買ったんじゃない、けっして買わないたぐいのメーカーの、エンドウ豆の缶詰だ。わが家にあるものよりサイズが大きく、中の豆も硬く、大味で安上がりな商品。家族に出す品としてわたしが選ぶことはまずないから、ニナがうちの食品庫から持ってこられるわけがない。夜明け前のこんな時間にテーブルに置かれたその缶詰は、妙にまがまがしく見える。このこと、間違いなく重要よね？

ものすごく重要だ。

わたしはそこへ近づく。

まう。

「この缶詰、どこから持ってきたの、ニナ」思ったよりきつい口調になってし

するとニナが言う。

「誰に話しかけてるんですか、アマンダさん」

わたしは夫を見る。

「では、われわれは誰と話しているんだろう？」夫が質問で返す。

ニナは口を開いたけれど、声が出てこない。数秒間、口が開いたままに、とても大きく開いたままになる。まるで大声で叫んでいるかのように、あるいは逆に、空気を吸いたくても吸えず必死になっているかのように。ニナのそんな姿を見るのは初めてだから、わたしは背筋が寒くなる。夫はテーブルの上で、さらに娘のほうに身を乗りだす。単純に、今目にしているものが信じられないからだと思う。ニナがようやく口を閉じると、彼もどすんと椅子に腰を下ろす。まるで、今までずっと目に見えない蓋を支えていたけれど、もういいや、とあきらめて手を放してしまったかのように。

「ぼくはダビです」ニナが言い、わたしにほほ笑む。

これはゲーム？　きみが発明したゲームなの？

いいえ、ダビ。夢よ。悪夢なの。わたしはうなされて目覚め、今度こそ完全に目が覚める。時間は午前五時、数分後には、ここに来るときに持ってきたスーツケースの準備を始めて、七時にはほとんど荷造りが終わる。こんなふうに細かく観察したほうがいいのよね、ダビ。

必要なことだ。いろいろと思いだすきっかけになる。

だけど、こんなふうに怯えるなんてちょっとおかしい、と何度か思ったのも本当。車にもう荷物を詰めこみはじめている自分が馬鹿みたいに思えた。ニナは部屋でまだ眠っているというのに。

きみは逃げようとしてるんだ。

そう。でも結局逃げられない、そうよね？

うん。

どうしてなの、ダビ？

ぼくらはそれを調べようとしてる。

わたしはニナの部屋へ上がる。ニナの部屋にはまだ少し荷物が残っていて、それをバッグに詰めこみながら、あの子を起こそうとする。お茶を煎れてビスケットの袋といっしょに持ってきていたので、起こされたニナはベッドに入ったまま朝食を食べる。ニナはまだ寝ぼけまなこで、わたしが残った衣服をたたみ、筆記具をしまい、本を積み重ねるのをぼんやりと眺めている。目覚めきっていないので、どこに行くの、どうして予定より早く帰るの、と尋ねもしない。何か悪いことが起こる、とわたしの母は言った。遅かれ早かれ悪いことは起きる、と確信していた。だからわたしにも恐ろしい未来がはっきりと見えるし、不幸がこちらにじりじりと近づいてくるのが感じられる。確かにそこにある、もはや取り返しのつかない運命として。今や救出の距離はほとんど存在せず、糸はとても短くなっていて、部屋の中でわたしは身動きできず、クローゼットに残った最後の荷物を取りにいくことさえできない。

「起きて」ニナに告げる。「さあ、早く」

ニナはベッドから下りる。

「靴を履いて。このコートを着て」

娘の手を取り、いっしょに家の階段を下りる。二階ではつけっぱなしのニナの部屋の終夜灯の反射光が、階下ではキッチンの灯りが見えている。何もかもが夢と同じだ、とわたしは思う。でも、今はニナの手を握っていて、妙に体をこわばらせてあの子がキッチンで待っているようなこともないし、あなたの声で話しもしないし、テーブルの上でエンドウ豆の缶詰を持っていたりもしない。

そうだね。

外に夜明けの光がぼんやり見えはじめている。ニナを先に車へ連れていくかわりに、いっしょに荷物を運ばせて、そばを離れないようにする。家の鎧戸を閉めにもどるときも連れていく。

かえって時間がかかるよ。

そうね。わかってる。

どうして?

いろいろと考えているから。そうして鎧戸を閉めながら、カルラのことを、あなたのことを考え、こうなったのはわたしのせいでもあるんだ、と自分を責める。

うん。

だって、もしあなたのママが抱えている恐怖にわたしが惑わされたりしなければ、こんなわけのわからないことにはなっていないはずよ。今ごろベッドから出て、ばっちりビキニをつけて、朝八時の日光を満喫していたわ。

うん。

つまり、わたしも共犯なのよ。わたしがあなたのママのために、その狂気をわざわざ認めてあげたようなもの。でも、これからはそうはさせない。

そうはさせない?

ええ。だから、そう言ってやらなきゃならない。

カルラと話をしようと考えてるのか。

昨日あんなにわめきたてたことを謝って、そんなふうに不安になる必要はないんだと、冷静にならなきゃだめだと、彼女にわかってもらうの。

それが誤りだ。

でも、そうしないと自分が落ち着かない。首都にもどっても、動揺をずっと引きずってしまう。

カルラと話をすることが誤りなんだ。

わたしはブレーカーを落とし、家の正面玄関を閉める。

村に向かって出発するとき、それがその瞬間だ。

鍵はポストに置いていく。帰るときにはそうしてくださいとヘセルさんに言われていたから。

でも、きみはカルラに会いに行く。

首都に帰り着けなかったのは、そのせい?

うん、そのせいだよ。

夜明けとともに出発する。村とは逆方向にしばらく進み、あなたの家で車を停める。あなたの家には入ったことがなかったし、本当は入りたくない。だから、家に灯りがついていないのを見て、今日は火曜日だと気づき、ほっとする。農地ではびっくりするほど朝が早いので、あなたのママはもう、村のほうに一キロほど行ったところにあるソトマヨルさんのオフィスに出勤したんだろうと思う。安堵して、わたしの行動が間違っていない証拠だと考える。ニナは後部座席に座り、あなたの家が遠ざかっていくのをおとなしく眺めている。とても落ち着いているように見える。ちゃんとシートベルトを締め、いつものようにシートの上でインディアンみたいに胡坐《あぐら》をかいて、モグラを抱いている。ソトマヨル農園は、正面にある巨大なお屋敷から後方へ向かってどこまでも続いている。車道の脇に歩道はないけれど、通りと家のあいだに芝生が広がっている。屋敷の背後にそこそこの大きさの納屋が二つあり、最初の畑のはるか向こうにサイロが七基見える。車が何台か駐車してある、屋敷の端の芝地で車を停める。いっしょに降りてとニナに言う。玄関ドアは開いていて、わたしたちは手をつないで中に入る。カルラから聞かされていたように、屋敷は住居というよりオフィスという感じだ。マテ茶を飲んでいる男性が二人いるほか、ぽっちゃりした若い女性が一人、表題をいちいち小声で読みあげながら書類に署名している。男性の一人が、女性の行動を頭の中で追いかけているかのようにうなずいている。そして、わたしたちの姿を見たとたん、全員が手を止め、女性が何のご用ですかと尋ねる。

「カルラさんはいますか」

「ああ」女性はわたしたち二人をまたじろじろと見る。最初に見たときは観察が不充分だったかのように。「ちょっとお待ちください。すぐにもどりますので」

「マテ茶はいかがかな」デスクについている二人の男性がマテ茶を持ちあげてみせる。二人のうちのどちらかがソトマヨルさんなのかしら、と思う。

わたしはけっこうですと言い、肘掛け椅子のほうに行こうとする。でもカルラはもうもどっていた。わたしたちが来ていることをまだ知らされておらず、仕事に集中しているのか、こちらに気づいてもいない。ぱりっと糊のきいた白いシャツを着ていて、ゴールドのビキニのストラップがのぞいていないのが不思議に思える。

もっと先を急がないと。

どうして？　もし時間切れになったら、どうなるの？

いよいよ細部が重要になるときが来たら、ぼくが注意するよ。

カルラはわたしたちを見て驚く。何かあったのかと思い、不安になったみたい。そして、ニナをちらりと横目で見る。別に何もないわ、とわたしは言う。昨日のことを謝りたかったの、じつは、お別れしに来たのよ、と。

「どこに行くの？」

「帰るの」わたしが言う。「首都にもどる」

彼女は眉をひそめる。残念に思っているのか、わたしたちを咎《とが》める気持ちなのか、わたしにはわからない。

「夫の事情なのよ。どうしても帰らなきゃならないの」

「今すぐ？」

挨拶もなしに立ち去るのはあなたのママに失礼だっただろうから、気まずいことは気まずいけれどこうしてここに立ち寄って、彼女に会えてよかったと思う。

でも、やっぱりよくないんだよ。

もうこうして会ってしまったわ。

本当に、よくないんだ。

まもなくあなたのママは、それまでの残念そうな表情をがらりと変える。夫のオマルの馬小屋を見せたいと言うの。今はもう使われてないけれど、ソトマヨル農園と隣接しているので、すぐに行けると。

大事な瞬間が間近に迫っている。ほかに何かなかった？　その周辺で何か？

たしかに、ほかにこんなことがあった。あなたのママがわたしたちを誘っていたとき、外でトラックが停まる音がするの。マテ茶を飲んでいた二人の男が長いゴム手袋をはめて出ていく。外で別の男性の声がする。たぶんトラックの運転手だと思う。カルラが、書類をいくつか提出したら、そのあとすぐに馬小屋へ連れていくから、外で待っててと言う。すると、大きな音が響く。プラスチック製の何か重いものが落ちた音。でも壊れてはいない。わたしたちはカルラを置いて外に出る。そこでは二人の男がトラックからポリタンクを降ろしている。大型のポリタンクで、片手に一個ずつしか持てない。トラックの荷台いっぱいに、大量に積まれている。

それだよ。

そういえば、ポリタンクのひとつが小屋の入口にぽつんと置いてあったわ。

重要なのはそれだ。

重要なのはそれ?

そう。

なんでこんなことが重要なの?

ほかには?

ニナはトラックの近くの芝に座っている。男たちの作業の様子を眺めている。

動きがおもしろいみたい。

男たちは具体的には何をしてる?

一人がトラックの荷台の中にいて、ポリタンクを送りだす役をしている。ほかの二人が代わるがわるそれを受け取っては、小屋に運びこんでいる。小屋の表の入口は少し離れているから、ほかの入口を使っている。ポリタンクは大量にあるので、彼らは何度も往復する。陽ざしは強いけれど、気持ちのいい風が吹いている。これはさよならの挨拶なんだ、ニナなりにお別れをしているんだと思う。だからわたしもあの子といっしょに座り、作業を眺める。

そのあいだ、ほかには何が？

それ以外のことはあまり覚えてないわ。あったことはそれで全部よ。

いや、もっと何かある。まわりで、すぐ近くで。もっと何か。

ほかには何もないわ。

救出の距離だよ。

娘と十センチも離れていないところに座っているのよ、ダビ。救出の距離なんてないわ。

言っておくけど、種馬が脱走してぼくが死にかけたあの午後、カルラはぼくから一メートルぐらいのところにいたんだよ。

その日のことについては、あなたにいろいろ訊きたいことがある。

今はそんなことをしている場合じゃない。何も感じないの？　何かほかに、これは関係がありそうだってピンとくることない？

ほかに？

ほかに何が起きてる？

カルラはなかなか出てこない。わたしたちは男たちが作業しているすぐ近くにいる。作業のさなかにいたと言ってもいいくらい。もしかすると邪魔さえしていたかもしれない。でも彼らは急いでいる様子はないし、機嫌がいい。感じがよくて、ニナに何度かにっこりほほ笑みかけてくれたりする。ポリタンクを降ろし終わると、二人は運転手に挨拶して、トラックは行ってしまう。彼らはまた屋敷に入っていき、わたしたちも芝から立ちあがる。時計を見ると、九時十五分前。そうこうするうちに、一日が始まってからだいぶ経ってしまったのね。ニナは服をきょろきょろ見て、振り返ってお尻や脚を確かめている。

どうして？　何があった？

「どうしたの？」わたしは尋ねる。

「濡れちゃった」ニナがむすっとして答える。

「どれどれ……」わたしは娘の手を取り、くるりと回らせる。服の色を見ただけではどれくらい濡れているかわからなかったので、さわってみたら、たしかに濡れている。

「きっと朝露ね」とわたしは言う。「歩くうちに乾いちゃうよ」

それだ。それが探していた瞬間だ。

まさか。本当にそれだけのことなのよ、ダビ。

それが始まりだよ。

嘘でしょう。

ニナは何をしてる？

すごくかわいらしいわ。

ねえ、何をしてる？

少し離れた。
離れさせちゃだめだ。
あの子は芝を見てる。どうして濡れてしまったのか納得できないらしく、芝に触れる。
救出の距離はどうなってる?
何の問題もないわ。
嘘だ。
あの子は眉をひそめてる。
「ニナ、大丈夫?」わたしは尋ねる。
あの子は手の匂いを嗅ぐ。
「すごく変な匂い」と言う。
ようやくカルラが屋敷から出てくる。
カルラは関係ない。
でも、わたしは彼女に近づく。馬小屋へ行くのをあきらめさせようと、まだ考えているから。

ニナを一人にしちゃだめだ。もう始まってる。

カルラがバッグを手に、にこにこしながら近づいてくる。

注意を逸らさないで。

わたしには次に起きることを選べないのよ、ダビ。ニナのところにはもどれないの。

もう始まってる。

何のことなの、ダビ？　ねえ、いったい何が始まってるのよ？

虫どもだよ。

やめて、お願いだから。

とても悪いことだ。

ええ。糸がぴんと張ってる。でも、わたしは気持ちがよそに逸れてしまっている。

ニナは何を手にしてる？

わからないわ、ダビ、わからないのよ！　わたしは能天気にカルラと話をしている。どれくらい時間がかかるのかと尋ねている。

だめだ、だめだよ。

わたしには何もできないのよ、ダビ。そのせいであの子を失うの？　糸がもう痛いほど張りつめていて、内臓が引っぱられてるみたい。いったい何が起きているの？

ここがいちばん大事なところだ。ぼくらが知るべきなのは、まさにここなんだ。

なぜ？

今、まさにこの瞬間、何が感じられる？

わたしも服が濡れてしまってる。びしょびしょ。そう、今わたしが感じてるのはそれ。

ぼくが言ってるのはそのことじゃない。

わたしの服まで濡れてしまったことは重要じゃないの？

重要だけど、今理解しなきゃならないのはそのことじゃない。アマンダ、今がその瞬間だ。集中して。正確な時点を見つけるんだ。どうやって始まったのか、知る必要がある。

でも、別のことに意識がいってしまってるの。そう、わたしも服が濡れちゃったってことに。

とてもゆっくりと、徐々に起きている。

濡れたところが風で冷えて、ズボンのお尻が湿っていることを意識する。せいぜい二十分よ、ただそこに行くだけ、とカルラが言う。わたしは無意識にズボンに目を落とす。

ニナはきみを見てる。

ええ。

あの子には、それが何かよくないものだとわかってる。

でも、ただの朝露よ。わたしはそう思ってる。

朝露じゃない。

じゃあ何なの、ダビ？

ようやくここまで来たんだ。きみが今どう感じているか、正確なところを知りたい。

糸で胃が軽く引っぱられているのと、舌の下になんとなく酸味を感じるだけ。

酸味？　それとも苦味？

苦味、そう、苦味ね。でも、ほんの少しよ。本当にほんの少し。わたしたち三人は牧草地の奥へと歩きはじめる。ニナは楽しそうに見える。カルラが、そこには井戸もあるのよとニナに告げ、今ではあの子も行くのを楽しみにしているみたい。機嫌を直したの。

どれくらいで機嫌が直ったの？

すぐに。服が濡れたことなんか忘れちゃったみたい。それはわたしも。

どうして濡れたのか、あとでまた考える機会はある？

ないわ、ダビ。

その後、きみは手の匂いを嗅ぐ？

いいえ。

何もしない？

ええ、何もしないわ、ダビ。わたしたちは歩き、首都に帰ろうと考えたのは浅はかだったかもとさえ、わたしは思いはじめる。燦々と降り注ぐ日光のもと、膝まで隠れる牧草の中を進みながらおしゃべりをする。ほとんど完璧なひととき。カルラはソトマヨルさんのことを話す。パソコンで注文の表計算ができるようにしたら、朝はずっと彼に褒められどおしだったそうよ。

その瞬間に何が起きているか、きみは気づいてないの？

そんなの無理よ、ダビ。ニナは井戸を目にしたとたん、走りだす。馬小屋は屋根がなく、焼け焦げた煉瓦が残っているだけ。美しい光景だけど、荒涼としてもいる。なぜ火事になったのかと尋ねると、カルラは不機嫌になる。

「マテ茶を持ってきたわ」彼女が言う。

わたしはニナに、気をつけてと言う。自分がマテ茶を飲みたいと思っていること、そして、これから車に乗りこんで、首都まで四時間半も運転するかと思うとうんざりしていることに驚く。どこもかしこも騒音や汚れや渋滞にあふれたあの場所にもどることにも。

この場所のほうがいいと本気で思ってるの？

井戸の近くに木立があって、日陰になっていたので、わたしたちはそこで切り株に腰を下ろす。四方に大豆畑が広がっている。あたりは緑色に、香り立つ緑色に埋めつくされ、もう少しここに残ろうよ、とニナがわたしにねだる。もう少しだけ。

そのへんの話には、もう興味がないな。

「いろいろあったの」とわたしはカルラに言う。

彼女は眉をひそめながらマテ茶を取りだす。でも、どういうことか尋ねたりはしない。

「そうよ、あなたからダビの話を聞いてからだわ」

実際、そんな話を聞いても、何の足しにもならない。大事なことが何なのかきみが知っていたら、さっさと省くだろうね。

すてきなひとときなの。三人とも心静かにくつろいでいる。でもこのあと、すべてが悪いほうに転がっていく。

正確にはいつ悪いほうに転がりはじめた？

「ダビに何があったの？　どんなふうに変わったの？」とわたしはカルラに尋ねる。

「あの肌の染み」カルラは言い、肩をすくめて下ろす。少女みたいな、どこかいたずらなしぐさ。「最初のうち、いちばん気味が悪かったのはあの染みよ」

ニナは井戸のまわりを歩き、数歩ごとに足を止めて、縁に身を乗りだして暗い水をのぞきこんでは自分の名前を告げる。例の気取ったしゃべり方で「たいそう楽しんでますわ」と、ほんの少し声を低めて言う。「ごきげんよう」、「ニナよ」、「ごきげんよう、わたくしはニナ、たいそう楽しんでますわ」。

「でも、もちろんほかにもいろいろある」カルラは言い、わたしにマテ茶を手渡す。「大げさに言っているんだ、おかしくなっているのはあたしのほうだ、とあなたは思うかもしれないけど。昨日、あなたがあたしにわめきたてたとき

「……」

あのゴールドの肩ひもはどこにいったんだろう、とわたしは思う。カルラは美人よ。あなたのママはとても美人。あの肩ひものことを思いだすと、なんだかほっこりする。彼女に怒鳴ったことを今はとても後悔している。

「染みが浮きでてきたのはしばらくしてからなの。ダビは助かると緑の家の女先生は言ったけれど、最初の数日は高熱が出てひどくうなされ、五日目になってようやく治まりだした」

「中毒か何か?」

カルラはさっきと同じように肩をすくめる。

「農地ではそういうことがあるのよ、アマンダ。ここは畑に囲まれている。病気になる人がたびたび出て、たとえ助かっても障害が残ったりする。通りを歩いていると見かけるわ。そういう人たちに気づくようになると、数の多さに驚くはずよ」カルラはわたしにマテ茶を渡し、煙草を取りだす。「熱は下がったけれど、しゃべれるようになるまでにとても時間がかかった。それからは少しずつ、ぽつりぽつりと言葉が出るようになったの。でもね、アマンダ、話し方がやけに妙だったのよ」

「やけに妙って？」

「妙といっても、傍から見たらごく普通だと思う。たとえば応答するときにいつも『それは重要ではない』というひと言を返すとか、単にそういうことだから。でもね、今までそんな返事をしたことがない息子が、ちゃんと食べなさいとか、寒くないのとか、ベッドに入りなさいとか、母親が言うと、四度に一度は、おしゃべりをまだ練習中の赤ん坊みたいにもごもごと舌を嚙みそうになりながら『それは重要ではない』と答えたら、アマンダ、あなただって間違いなく脚ががくがく震えだすわよ」

ダビ、これって重要でしょう？　これについて、言うことはないの？

「緑の家の女先生があなたに注意したことがそれなんじゃない？」わたしが言う。「ショックを受けたせいじゃないかしら。熱でうなされていたあいだにダビが経験したショックのせいかも」

「あたしもそんなふうに思ったわ。するとある日、あたしがベッドで横になっていたら、裏庭にあの子がいるのを見たの。こちらに背を向けてしゃがみこんでいた。何をしているのかわからなかったけれど、なんだか心配になった。理由は説明できない。でもあの子の動きが気になったの」

「よくわかるわ」

「母親の勘ってやつよね。あたしは起きあがって外に出た。あの子に何歩か近づいたけれど、何をしているかわかったとたん立ち止まった。それ以上足が前に出なかったわ。あの子、死んだカモを埋めてたのよ、アマンダ」

「カモ？」

「四歳半の子供が死んだカモを庭に埋めてたの」

「どうしてカモを？　湖から来るの？」

「ええ。名前を呼んだのに、あの子は無視した。あたしもいっしょにしゃがんだ。うつむいていたあの子の顔が見たかったから。カモだけでなく、あの子についても、いったいどういうことなのか確かめたかった。あの子は顔を紅潮させ、目を泣き腫らしていた。プラスチックのスコップで土を掘っていた。壊れて取れてしまった取っ手が少し離れたところに放りだしてあり、今は刃の部分だけで掘っていた。あの子の手よりほんの少し大きい程度のものだったけれど。カモの遺骸は脇に置かれていた。目が見開かれ、地面にぐったりと横たわっていた。ふつうより首が長く、くたっとしているように見えたわ。いったい何があったのと尋ねたけれど、あの子はけっして顔を上げようとしなかった」

きみに見せたいものがある。

こうなると、どの話に集中するべきか決めるのはわたしよ、ダビ。あなたのママが話していることは、あなたには重要じゃないの?

重要ではない。

あなたのママは煙草を吸い、ニナは井戸のまわりを元気いっぱいに何度もぐるぐるまわっている。これは今考えれば重要なことだわ。

「実際」あなたのママが言う。「もしあなたの息子がカモを殴り殺したり、絞め殺したり、とにかく何らかの方法で殺したとしても、たいして目くじらを立てることじゃないかもしれない。こういう田舎ではそんなことは日常茶飯事だし、首都ではもっと恐ろしいことが起きているでしょう。でも数日後、何が起きたのか知ったの。この目で全部見たのよ」

「ママ、ママ」ニナが言う。でもわたしは耳を貸さない。今はカルラの話に集中しているから。ニナはまた遠ざかっていく。

「あたしは裏庭で日光浴をしていた。十メートルほど離れたところに小麦畑があるの。あたしたちのじゃなくて、オマルがご近所さんに土地を貸していてね。あたしとしては、そのほうが庭が狭くなるからありがたいのよ。こぢんまりしているほうがくつろげるから。ダビはデッキチェアーの近くに座って、地面におもちゃを並べて遊んでいた。すると急に小麦畑のほうを見て立ちあがったの。あたしから見えたのはその小さな背中で、突然何か恐ろしいものが襲いかかってきたかのように両腕を体の脇に垂らし、こぶしをぎゅっと握っていた。なんだかすごく妙でね」

わたし、手が変な感じがするわ、ダビ。

手が？　今？

ええ、今。

「ダビはこちらに背を向けたまま、二分ほど微動だにしなかった。二分って、かなりの時間よ、アマンダ。そのあいだずっと声をかけようとは思っていたんだけど、怖くてできなかった。すると、小麦畑の中で何かが動いたの。そしてカモが現れた。おかしな歩き方で近づいてくるの。一、二歩こちらに足を踏みだしたところで止まった」

「何かに驚いたみたいに？」

ニナが「たいそう楽しんでますわ」と何度も言いながら井戸のまわりを駆けまわるのが聞こえる。あの子の笑い声やそのこだまが近づいてきたり遠ざかったりする。カルラは煙草の煙を吐き、わたしの問いの答えをまだ考えている。

「いいえ、疲れきっているみたいに。ダビとカモは見つめあった。嘘じゃない、本当に数秒間、見つめあったの。カモはもう二歩歩き、なんだか酔っぱらってるみたいに、あるいは体が思いどおりに動かないみたいに、脚をもう一方の脚の前に交差させ、次の一歩を踏みだそうとしたそのとき、ばたりと倒れた。死んでしまったのよ、完全に」

わたし、手が震えてるわ、ダビ。

手が震えてる?

たぶん。震えてるみたい、わからないけど。カルラからそんな話を聞かされたせいかも。

震えてるような気がするの? それとも本当に震えてる?

手を見ているけど、震えてるのかどうかわからない。あの虫たちと関係があるの?

うん、関係がある。

わたしは手を見ているけれど、あなたのママは話を続けている。翌日、皿洗いをしているとき、前日と同じように、庭にもう三羽、死んだカモが並んでいるのを見たそうよ。

きみの手がどうしたのか知りたい。

でも、本当なの、ダビ？　あなたカモを殺したの？　今あなたのママは、あなたがそれを全部埋めて、そのたびに泣いていたと言ってる。

「一部始終を窓から見てたのよ、アマンダ。地面に穴が並んでいて、そのあいだずっとあたしは洗いかけのシチュー鍋を手にキッチンに立っていた。外に出ていく気力もなかった」

本当なの？

たしかに埋めたよ。だけど埋めたからって殺したことにはならない。

それだけじゃないの、とカルラは言う。もっと恐ろしいことがあって、それも話したいと。

アマンダ、ぼくのほうに意識をもどして。きみに見せたいものがあるんだ。犬のことよ、とカルラは言う。ヘセルさんの犬のこと。

カルラの話はどんどん悪い方向にいくけど、そのへんで止めないと、ぼくが見せたいものにたどり着く時間がなくなってしまう。

わたし、混乱しちゃってる。だから今はカルラの話にしか集中できない。

ぼくが見える？

ええ。

どこにいる？

忘れてたけど、ええ、たしかにあなたはここにいる。わたしのベッドの縁に座ってる。背の高いベッドだから、あなたは脚をぶらぶらさせていて、脚が動くたびにマットレスの中のスプリングがきしむ。今までずっとその音が鳴っていたわ。

ぼくらはどこにいる？

どこにいるかはわかってる。しばらく前から救急診療所にいる。

どれくらいの時間ここにいるか、わかる？

一日か、もしかすると五日？

二日だよ。

ニナは？　ニナは今どこ？　ポリタンクを運んでいる男たちは、わたしたちの横を通るときにっこり笑いかける。あの子にやさしくしてくれる。でも今あの子は草地から立ちあがり、わたしに服を、手を見せる。手が濡れている。でもそれ、朝露じゃないのね？

ベッドから出るの？

違う。起きられる？

ぼくは下りる。

スプリングがきしむ音がする。

ぼくが見える？

わたしにあなたが見えないなんてこと、ある？

ぼくは脚を下ろすよ。

あなた、どうしてパジャマ姿なの？

前に十二歩進めば、廊下にたどり着くからね。

ニナはどこ？　わたしがここにいること、夫は知ってるの？

もし必要なら、灯りをつけるけど。

あなたのママは、犬が家のポーチの階段のところに来て、そこで午後じゅう座っていたと話す。犬についてあなたに何度も尋ねたけれど、そのたびに、犬は重要ではないと答えたそうね。それからあなたは部屋に閉じこもり、出てこようとしなかった。とうとう犬が、カモたちみたいにばたりと倒れてしまうと、あなたはようやく外に出てきて、犬を裏庭にずるずる引きずっていき、埋めた。

必要なら、肩を貸すよ。

なぜカルラはあなたのことをそんなに怖がるの？

壁の絵が見える？

子供たちが描いた絵だわ。ニナも絵を描くのよ。

何歳ぐらいの子供たちだろう？　きみにわかる？

ねえ、ダビ。

何？

頭が混乱してるの。時間が混乱してる。

さっきもそう言ってたよ。

ええ。でも、何が起きているかははっきりわかってる、今のところは。

そうみたいだね。
わたしに何を見せようとしてるの？　見たいかどうか、自分ではわからないけど。
階段に気をつけて。
もっとゆっくり進んで、お願い。
階段は六段、そのあと廊下が続く。
ここはどこ？
救急診療所の診察室が並んでる。
広い場所みたいな気がするけど。
狭いよ、ここは。ゆっくり進んでいるからそんなふうに思えるんだ。絵が見える？
あなたの絵もある？
廊下のつきあたりにある。
ここも子供を預かる場所？

ぼくはカモや犬や馬たちといっしょにいる。それがぼくの絵だよ。

馬って、どの馬？

カルラがこれから馬のことを話すよ。

わたしに何を見せようとしてるの？

もうすぐ着く。

あなたのママはゴールドのビキニを身に着けていて、シートで体を動かすと日焼け止めの香りも車内でゆらりと動くの。今気づいたけど、あれはわざとね。ビキニの肩ひもがずり落ちているのもわざと。

まだぼくが見える？　アマンダ、集中してもらわないと困る。また最初から始めるのは勘弁してほしい。

最初から？　わたしたち、同じことを前にもやったの？　ニナはどこ？

この入口から入ろう。ここだ。

これも虫たちのためにしてること？

うん、ある意味では。灯りをつけるよ。

この場所は何？

教室だよ。

幼稚園ね。ニナが気に入りそう。

ぼくは〝待合室〟って呼んでる。

なんだか気分が悪い。ここ待合室じゃないわよ、ダビ。

今、どんな感じ？

熱があるみたい。何もかも混乱しているのはそのせい？ たぶんそうね。それに、あなたの言動がますますわたしを混乱させる。

できるだけはっきりとわかりやすくしようとしているよ、アマンダ。

それは嘘。いちばん重要な情報を隠してる。

ニナか。

ニナはどこ？ 今この瞬間、何が起きているの？ どうしてすべてが虫に関係するの？

違うよ。虫じゃない。最初は体の中に虫がいるみたいに感じられるってことだよ。でもね、アマンダ、ぼくらはもうその段階を過ぎている。毒について、中毒についてすでに話したよね。ここまでの出来事を、きみはぼくにもう四回も話してる。

嘘よ。

本当だよ。

でも、わたしは大事なことを知らない。まだ知らないわ。

知ってるさ。ただ、理解できてないだけだ。

わたしはまだ死んでない。

うん。

どうして？　手がひどく震えるの。

ぼくには震えているようには見えない。もう震えてないよ、昨日から。

牧草地で、ニナが井戸からこちらにやってくるのが見えたとき、わたしの手は震えている。

アマンダ、集中してほしい。

カルラがわたしに言う。これでわかったでしょう、あたしの立場なら、あなただって同じだとは思えないはずよ、って。ニナはもうすぐ近くまで来ている。

アマンダ、気が散ってるよ。

あの子、眉をひそめてる。

まだぼくが見えてる?

「どうしたの、ニナ?　大丈夫?」

ニナは自分の手を見ている。

「すごくちくちくちくするの」あの子が言う。「燃えてるみたい。熱いよ」

「するとオマルがあたしの脚を揺すって起こしたの」カルラが言う。「彼はこわばった真っ青な顔で、ベッドに腰を下ろしている。どうしたのと尋ねるけれど、彼は答えない。朝五時か六時ぐらいだと思う。空がまだあまり明るくなっていないから。『オマル、どうしたの?』とあたしが言う。『馬だ』彼が言う。本当なのよ、アマンダ、すごく怯えた声でそう言ったの。オマルはいつだって自信たっぷりの物言いをする人で、今みたいな口調、一度も聞いたことがなかった。そして、ダビのことをひどく罵った。あれはふつうの子じゃない、あいつが家にいるといたたまれなくなる、と。同じ食卓にもつきたがらないの。実際のところ、話しかけもしない。ときどき夜中に目が覚めると、ダビは部屋におらず、家の中を探してもどこにもいない。オマルはそのことにもかんかんだった。怖かったんだと思うわ。物音に敏感になって、二人ともよく眠れなかった。初めのうちは、外に探しに行ったものだった。オマルが懐中電灯を持って、あたしは彼のシャツをつかんでその後ろに続いた。耳を澄まして、彼の背中にぴったり張りつくようにして進んだ。一度、外に出る前にオマルがナイフを手にしたことさえあったけれど、あたしは何も言わなかったわ。アマンダ、言っておくけれど、夜の牧草地は真っ暗なのよ。やがてオマルはダビの部屋に鍵をかけるようになった。寝る前にあの子を部屋に閉じこめ、朝方、出かける前に開けた。ときどきダビはドアをガンガン叩いた。あの子はオマルのことは一度も呼ばなかった。ドアを叩いて、あたしの名前を呼んだ。もうあたしのことをママとは呼ばなくなっていたから。だから、あるときふと目覚めて、オマルがベッドの端に腰かけているのに気づいたとき、何かあったんだとわかって、彼が呆然としながら見つめているものは何なのか確かめようと、部屋の戸口のほうに身を乗りだした。すると、ダビの部屋のドアが開いてたの。『馬だ』オマルが言った。『馬がどうしたの？』あたしは尋ねた」

「すごくちくちくするの、ママ」ニナが両手を見せながら横に腰を下ろし、わたしに抱きついてくる。

わたしはその両手を握り、それぞれにキスをする。ニナは手をひっくり返して、手のひらをわたしに見せる。カルラがビスケットの袋を取りだし、そこにひとつかみのせる。

「これで何でも治っちゃうわ」

ニナはうれしそうにビスケットを握りしめ、自分の名前を叫びながら井戸のほうへ走っていく。

「それで、馬がどうしたの？」わたしは尋ねる。

「いなくなったの」カルラが言う。

「いなくなったって、どうやって？」

「あたしも同じ質問をオマルにしたわ。彼が言うには、小屋のほうで物音がしたので、目が覚めたんですって。ちゃんと鍵をかけたことを覚えているのに、ダビの部屋のドアが開いてるのが見え、いったい何があったのか確かめるためにベッドを出た。玄関ドアも開いていて、外はすでに少し明るくなっていた。だから、懐中電灯もナイフも持たずに外に出たんだ、とオマルは言ったの。牧草地に目をやり、少し歩いてみたけれど、まだ寝ぼけていたせいで、何かがおかしいと気づくのが一瞬遅れた。馬がいなかったのよ。成馬は一頭も。四か月前に生まれたばかりの子馬が一頭残っているだけだった。牧草地でぽつんとつっ立っていて、家から見ても、子馬は怯えて動けなくなっているんだとわかった、とオマルは言ったわ。ゆっくり近づいたけれど、子馬はぴくりともしなかった。オマルはあたりを見まわした。小川のほうを見、それから通りのほうを見たけれど、ほかの馬たちの姿はなかった。子馬の額に手を押し当てて話しかけ、動いてくれるかどうか確かめるために軽く押してもみた。でも子馬は動こうとしなかった。朝になっても相変わらずそこにいたわ。警察署長が部下を二人連れて現れたときも、二人が立ち去ったあとも。あたしは窓から見ていた。とても外に出る気になれなかったから。でも、あなた大丈夫？」

「ええ。どうして？」

「顔が真っ青」

「オマルはカモたちのこと、知ってたの？　ヘセルさんの犬のことも」

「何となくはね。あの人には何も言わないでおくことにしたけれど、カモたちが埋められた庭のいくつもの小山を見て、あれは何だと尋ねてきたし。でも、オマルは何かしら疑っていたとはいえ、知りたいとは思っていなかった。緑の家に行き、そのあとあの子が熱にうなされていたあいだも、あの人は何も尋ねなかった。単純に、家庭のことには関心がなかったのよ。借りた貴重な種馬を死なせたことで頭がいっぱいだったの。ねえ、アマンダ、すごく顔色が悪いわ。唇に血の気がない」

「わたしは大丈夫。なんだかここ、気味が悪いわ。ぞくぞくする」わたしは昨日の口論のことを考えながら言い、カルラはこちらを横目でちらりと見るけれど、何も言わない。

わたしたちはしばし黙りこむ。馬のことを尋ねたいけれど、カルラがニナを目で追っているのを見て、あとにする。ニナはワンピースのスカートの裾を広げてカゴ代わりにし、こちらにもどってくると、お姫さまモードのましゃがんで、松ぼっくりを地面に並べる。

「大好きよ。ニナのこと」

カルラは言い、にっこり笑う。でも、何かもっとほかに言いたいことがあるような気がする。

「もし選べるなら、女の子がよかった。ニナみたいな」

風が吹き、近くで大豆の葉が、誰かに撫でられたかのようにそっとざわめく。すでにだいぶ強くなった陽ざしがときおり雲のあいだからのぞく。

「ときどき、家出をする自分を想像するの」カルラが言う。「そして、新しい人生を始める。ニナみたいな子供をもつ人生、あたしが思いのままに育てられ話さなきゃ。カルラに言うことがあるのに。でも体が麻痺して、ぴくりとも動かない。そうしてしばらくじっとしている。今こそ言わなきゃと思うけれど、心地のいい沈黙に搦《から》めとられている。

「カルラ」わたしは言う。

大豆の葉は今、こちらに向かってお辞儀をしている。あと数分もすれば、わたしは借りた家とカルラの家から遠ざかり、村からも遠ざかり、その後は毎年、別のタイプの休暇を過ごす。記憶に刻まれたこの土地とはまったく異なる、たとえば海辺での休暇。彼女もわたしといっしょに来ればいいと思う。必要な書類だけ持って、着の身着のままで。そして、わが家の近くで、二人でもう一組ずつ別のゴールドのビキニを買う。だって、彼女が手元になくていちばん恋しく思うのは、ゴールドのビキニじゃない？

ぼくが見える？　今もぼくが見えてる？

ええ。でも今は床にへたりこんでいるから、話を続けるのに苦労するわ。

起きあがらないで。しばらくそうしていたほうがいいよ。

あの牧草地でも、わたしは横になっていたと思う。

カルラがきみを寝かせたんだ。

そうね。だって今は木々のてっぺんが見えてるもの。

カルラはまた大丈夫かと尋ねるけれど、きみはそれに答えない。きみの頭の下にバッグを置いて枕代わりにし、朝食に何を食べたのか、低血圧なのか、あたしの声が聞こえてるのか、と尋ねる。

どうして知ってるの？　あなたも様子を見ているの？　どこかに隠れてたの？

今はそんなことは重要ではない。

あるいは、わたしがもう話したことだから？　わたしたちはもう毒について、中毒について、前に話している。ここまでのこと、もう何度もあなたに話したから？

ねえ、アマンダ。

それで、ニナは?

ニナは井戸のところから二人を見ている。松ぼっくりをまわりにばらまき、もうお姫さまモードは消え去ってる。

そう、そのとおり、お姫さまモードはもう消えてなくなってる。

カルラはきみが何か言うのを待っているが、結局二人ともしゃべらない。

でもわたし、目は覚めているわ。

うん。でも体調が悪い。

手が震えてるの。さっきも言ったけど。

ニナがきみたちのほうに走ってくる。カルラが彼女のほうに二、三歩進んで迎え、つかの間こちらに注意を向けさせる。ママは眠っているから、少し休ませてあげましょう、と告げる。そして、おばさんに井戸を見せてくれるかな、と言う。

ニナは疑ってる。

うん、疑ってるね。

救出の距離がぎゅっと縮むのを感じる。ニナが疑ってる証拠よ。

でも、きみには何もできない。

ええ、できないわ、何も。

もしカルラが助けを呼びに行くとしたら、きみを一人にするか、体調の悪いきみのもとにニナを残していくか、どちらかだ。カルラは今それで悩んでいて、どうすべきか決めかねている。

わたし、もうくたくたなの、ダビ。

ぼくらにとって、今はチャンスなんだ。

わたしはまだ眠っている。カルラはそれに気づいて、ニナと遊ぶあいだ、わたしをそのまま少し寝かせておこうとする。

だからチャンスなんだ。あれが見える？

あれって？

名前だよ。待合室の壁にある。

この待合室に来ている子供たちの名前？

もう子供とはいえない人たちもいる。

でも、筆跡はみんな同じ。

同じ看護師の字だ。みんな字が書けないんだ。ほとんど全員が。

読み書きできないの？

もともとできる者もいるし、勉強してできるようになった者もいる。でも、みんなもう手が思うように動かなかったり、頭自体が働かなかったり、皮膚が薄くて、鉛筆を握って字の練習をするうちに指が血まみれになったりするんだ。

わたし、疲れたわ、ダビ。

がんばれよ。ここでやめるのはよくない。まだだめだ。きみはどこに行こうとしてる、アマンダ？　あのドアは内側からは開かない。ぼくらのドアはどれも内側からは開かないんだ。

中断したい。もう疲れた。

集中してくれれば、もっと速く進むよ。

つまり終わりももっと速く来るってことね。

死ぬのもそう悪くないよ。

それで、ニナは？

ぼくらが今知りたいのはそのことだ、だよね？　体を起こして。お願いだから、アマンダ、体を起こして。

ものすごく痛むの。体の内側が。

熱のせいだ。

いいえ、熱じゃない。熱のせいじゃないのは、わたしたち二人ともよくわかってる。起きるのを手伝って、ダビ。馬小屋のほうは今どうなってる？

カルラとニナは井戸のまわりでしばらく遊んでいる。

わたしもときどき目を開けて、二人を見てる。カルラがしょっちゅうあの子を抱き、救出の距離が胃をぐいぐい引っぱりつづけて、その都度わたしを起こす。どういうことなの、ダビ？　わたしの体で何が起きてるの？　お願いだから教えて。

何度も言おうとしてるよ、アマンダ。でも、そのたびにそうやってせっつかれるから、言いにくくなる。

なんだか夢を見ているみたい。

そのまま少し時が経ち、やがてきみは力を振り絞って、体を起こす。二人が驚いて、きみを見る。

ええ。

近づいてきて、カルラがきみの額にそっと手をやる。

とても甘い香りの香水をつけてる。

ニナは少し離れたところからきみを見てる。たぶん、ママは調子がよくないとわかりはじめたんだろう。車を探してくるとカルラが言い、笑って緊張をほぐそうとする。そして、おかげであたしはようやく一人で運転する決心がついたし、あなたはようやくあたしの家で何か口にする気になったってわけね、と独り言を言う。ショウガ入りの冷たいレモネードを出すわ、それできっとよくなる、と。

そんなんじゃ、よくなりっこない。

うん、よくなるわけがない。でも、きみは少し気分がよくなりつつある。体調はよくなったり悪くなったりをくり返す。最初のうちはいつもそうなんだ。

カルラはニナに、車をとってくるから、そのあいだママをよろしくね、と言う。向こう側から、舗装してない土の道を通ってくるからね、と説明する。

ニナはこちらに近づいてきて腰を下ろし、わたしに抱きつく。

カルラはなかなかもどってこない。

でもニナがとても近くにいるから、ちっとも気にならない。わたしたちはしばらくそうして抱きあっている。あの子はわたしに体をくっつけて、いっしょに横になっている。両手でこぶしを握り、目に押しつけている。まるで双眼鏡みたいに。

「木のてっぺんが見えて、すごくすてき」と言う。

でもきみは夜のことを考えている。

あの家に来た最初の夜のことをね。だって、ニナを抱いていると、そのとき感じた不安を思いだすから。あの不安は何かの警告だったのかな、と思う。わたしは歩いていく。踏みだす足の前を懐中電灯の楕円の光が照らす。そうして前方を照らして、進む少し先に何があるか確かめるのは、どこに足を踏みだしていいかわからないから。木々のざわめき、たびたび聞こえてくる幹線道路を走る車の音、どこかの犬の鳴き声。それらはどれも、大豆畑が四方にどこまでも続き、何もかもが何キロも遠く離れていることを教える。それでも、楕円の光で錯覚を起こして、洞窟の中を進んでいるような気分になる。わたしは身をかがめ、そろそろと小股で歩く。

それで、ニナは?

今話しているのは全部ニナにまつわることよ。

その最初の散歩のあいだ、ニナはどこにいるの?

家でぐっすり眠ってる。でもわたしは眠れない、その最初の夜は。まず家のまわりの様子を確かめておかないと安心できない。犬はいるか、いるとしたら危ない犬じゃないか。溝はないか、あるとしたらどれくらいの深さか。毒虫や蛇はいないか。何かが起きる前に先回りしなきゃいけないのに、あたりは真っ暗で、環境に馴染もうにも馴染めない。あの夜は、いつもと感覚が全然違っていたような気がする。

どうして母親ってそうなの?

何のこと?

何かが起きる前に先回りしようとすること。救出の距離のこと。

遅かれ早かれ何か恐ろしいことが起きるものだからよ。祖母は、母が小さいころずっと先回りしようとしていたし、母は母で、わたしが小さいころずっと先回りしようとしていた。そして今度はわたしがニナについてそうしているだけ。

でも、母親たちは大事なことを見逃してしまう。

その大事なことって何、ダビ?

ニナは体を起こして、お手製の双眼鏡で地平線を見守っている。きみの車が馬小屋と反対のほうからやってくる。

一瞬、夫かも、と思う。車からあの人が降りてきて、ニナとわたしをそれぞれハグする。そして、わたしは移動のあいだずっと穏やかに眠り、やがて車は首都の自宅に到着する。

でも、車から降りて、きみたちのほうに歩いてくるのはカルラだ。

裸足で、ゴールドのビキニをつけていて、プールをぐるりと迂回してくる。芝をおそるおそる踏んでいる。芝に慣れていないのか、感触を思いだそうとしているのか、なんだか不安げな足取り。裸足なのは、プールの梯子のところにサンダルを置き忘れているから。

違うよ、アマンダ。それはもっと前のことだ。今カルラは馬小屋を迂回してきている。

そう、わたしは地べたにいるのよね。

そのとおり。

でもカルラのことを思いだすとき、彼女はいつも裸足なの。

カルラは車を降り、ドアを開けたまま、急ぎ足で近づいてくる。どんな様子か、ニナが何かしら身振りで教えてくれるものと期待していたけれど、ニナは今、きみの足元でカルラに背を向けて座っている。きみを見つめたまま、振り向きもしない。カルラが、きみが立ちあがるのを手伝い、顔色がよくなったみたいと言い、荷物をまとめて持ち、ニナと手をつなぐ。きみがついてきているか、振り返って確かめ、何か冷やかすようなことを言う。

それはカルラの行動。

そう、カルラの行動だ。

たしかに、さっきより気分はよくなっている。そしてまたわたしたちは、最初のときのように三人で車に乗る。でも、今回運転席に座っているのはあなたのママ。エンジンがうまくかからないけれど、ようやく車をバックさせる。母は、農地は運転の練習をするのにうってつけの場所よ、と言っていた。わたしも子供のころ、畑の中で運転を覚えたわ。

それは今は重要ではない。

そう言うと思った。

カルラは運転が不安そうだ。

でもちゃんと運転してる。わたしが思っていた方向には進んでいないけれど。

「どこに行くの、カルラ」

ニナは後部座席に座っている。顔色が悪いことに、今ではわたしも気づいている。それに汗もかいている。気分が悪くはないかと尋ねる。いつものようにインディアンみたいな胡坐をかき、わたしが何も言わなくても、普段からの習慣で自分でシートベルトを締めている。無理をしてわたしたちのほうに身を乗りだし、大丈夫というように妙にのろのろとうなずく。今や救出の距離はすっかり縮んで、ニナの体がシートにもたれるとき、そちらにぐいっと引っぱられるような感じさえする。カルラは何度か背筋を伸ばすしぐさをするけれど、緊張は解けない。そして、こちらを横目でちらりと見る。

「ねえカルラ」

「救急診療所へ行くわ、アマンダ。運がよければ、誰かに診察してもらえるかもしれない」

でも診療所で問題ないと言われ、三十分後にはまた帰路につく。

だけど、どうしてそこを省略しちゃうの？　今までは、順を追って経過をたどってたのに。突然先を急ぎはじめた。

そのあたりのことはみんな、さして重要ではない。それに、もうほとんど時間がないんだ。

わたしはちゃんと全部見たい。

大事なところはもう過ぎてしまった。あとのことはその結果にすぎない。

じゃあどうして話を続けるの？

きみがまだ気づいてないからだよ。もっと理解しないと。

診療所で何が起きるか確認したいわ。

うつむいちゃだめだ。呼吸が難しくなる。

これから起きることを見たいの。

ぼくが椅子を持ってくるよ。

だめ。話にもどらないと。わたしたちはまだ診療所へ車で向かっている途中よ。すごく暑くて、物音がだんだん消えていく。エンジン音もほとんど聞こえず、こんな石ころだらけのがたがた道をとても静かに車が進んでいくことに驚く。眩暈《めまい》がして思わず体を前に折るけれど、それはすぐに去る。服が体にぴったりと張りつき、ボンネットに強烈な日光が反射して、目を細めずにはいられない。カルラはもう運転席にいない。彼女の姿が見えないことにぎょっとして、とまどう。彼女が助手席側のドアを開け、その手がわたしをつかんで、ぐいっと引っぱる。ドアが音もなく閉じる。音がしないので現実ではないような気がするとはいえ、わたしは実際に一部始終をとても近くで見ている。ニナはついてきてるのかな、と思うけれど、自分で確認することも、声に出して尋ねることもできない。足が進んでいるのが見えて、これを動かしてるのは本当に自分なのか疑わしくなる。そう、わたしたちはこの廊下を進んでいる。背後に今ある、教室の外にある廊下を。

ここに頭をもたせかけて。

子供たちが描いた絵について、ニナが何か言っていて、その声で気持ちが安らぐ。カルラのうなじがわたしの数歩先に見えている。自力で立つのよ、と自分に言い聞かせ、壁伝いに進む。壁に貼ってある絵に置いた自分の手が目に入り、強いむず痒さが肌にもどってくる。カルラはとても近くにいて、わたしの名前を誰かに伝えている。村の住人なのかと相手が尋ねる。カルラは髪をおだんごにしていて、白いシャツの襟の縁がうっすら緑色に染まっている。牧草のせいよね? 別の女性の声がどうぞと言い、そのとき、そう、そのときニナの手がわたしの手に触れる。わたしの手をぎゅっと握り、今先導しているのはあの子だ。とても小さな手だけれど頼りにしているし、これから何をするべきか本能でわかる手だと思う。診察室に入り、ストレッチャーに体が横たわるのを感じる。ここで何するのとニナが尋ね、それであの子が移動のあいだずっと、ねえどうしたのと訊きつづけていたことに気づく。わたしがしなければならないのは、ニナをまた抱きしめること。でも今は疑問に答えてやることさえできない。言うべきことを言うのにも苦労する。看護師の女性がわたしの血圧や体温を測り、喉と瞳を見る。頭が痛むかと訊かれ、痛む、それも激しく、と思うけれど、そう答えたのはわたしではなくカルラだ。

「頭痛がひどいです」わたしがそう言っても、三人はこちらをじっと見つめるばかりだ。

ずきずき刺すようなきつい痛みが、うなじからこめかみまで頭全体を支配している。彼女たちが話題にしたのでようやく気づいたのだけれど、今では痛み以外何も感じられない。

何時間ぐらい経った？

いつから？

ソトマヨルさんのオフィスの前での出来事から。

オフィスを出てから二時間ぐらいかな。あなたはどこにいたの、ダビ？

ここだよ。ここできみを待ってた。

この救急診療所で？

今はどんな気分？

よくなった。だいぶよくなったわ。灯りを落とした場所のほうがほっとできる。

もう少し余裕があるから、先に進もう。今、何か重要なことはある？

わたしが頭が痛いと言うと、ニナも同じだと言う。わたしが気分が悪いと言うと、あの子も同じだと言う。看護師がわたしたちを置いてちょっと出ていったとき、あなたのママは、二人をここに連れてきてよかったとぽつりと言う。もしあなたのママがもう五歳年上だったら、わたしたち二人の母親でも不思議じゃない。ニナとわたしに同じ母親がいるってわけ。美人だけど疲れきっていて、今は腰を下ろしてため息をついている母親。

「ダビはどこなの、カルラ？」わたしが尋ねる。

でも彼女はぎくりともせず、こちらを見ようともしない。だから、思っていることを本当に口に出したのか、それとも今の疑問は頭の中で響いているだけなのか、はっきりしない。

あなたのママはおだんごにしていた髪をほどき、細い指を伸ばして開くと、両手を二つの櫛にして髪を梳《す》く。

「なぜ子供といっしょにいないの、カルラ？」

カルラは何気なく髪に風を通している。わたしはストレッチャーに座り、ニナもわたしの横に腰かけている。いつそこに上がったのかわからないけれど、ずいぶん前からそこにいるみたいだ。わたしは両手を体の脇に置き、ストレッチャーの縁をつかんでいる。そうしないと、体がだんだんずり落ちそうな気がする。ニナも同じ姿勢だけれど、片手をわたしの手に重ね、無言で床を見下ろしている。この子もそのうち頭がぼんやりしてくるかしら、と思う。看護師が鼻歌をうたいながらもどってきて、箱を開けたり、また髪をアップにしたカルラと話をしたりしながら、鼻歌を中断しては再開する。看護師がご自宅はどちらと尋ね、この二人は村の人ではないんですとカルラが答えると、看護師は鼻歌をやめてわたしたちをじっと見つめる。まるで、そうとわかったら、一から診察をやり直さなきゃと慎重になったかのように。ネックレスに三つの金のチャームがついている。女の子の姿をしたものが二つ、男の子が一つ、三つはそれぞれ重なりあうようにくっついていて、看護師の大きな胸の谷間に埋まっている。

この看護師の子供の一人は毎日ここの待合室に来るんだ。

「心配しなくて大丈夫よ」彼女が言う。また同じような箱を開けて、ポリ袋を取りだす。「ちょっと陽に当たりすぎただけ。大事なのはたっぷり休むこと。家に帰って安静にしてください」

少し離れたところに流しがあり、そこで二つのコップに水を注いで、わたしとニナそれぞれに一つずつ手渡し、いっしょに丸薬も一錠ずつ渡す。ニナに何の薬を飲ませるつもりだろう、と思う。

「カルラ」わたしが声をかけると、はっとしたように彼女がこちらを向く。

「夫に電話をしてほしいの」

「わかった」カルラが言う。「さっきもう、ニナとそう話してたの」ずいぶん理解があるようなその口調にわたしはいらっとし、ようやく口にしたお願いなのにすぐに行動に移そうともしない態度にもいらっとする。

「六時間ごとに一錠ずつ薬を飲んでください。もう日光を浴びないようにくれぐれも注意すること。どこか暗い部屋で横になって、少し眠ってください」と看護師は言い、カルラにポリ袋を手渡す。

わたしの手の上にはまだニナの手があって、わたしを引き留めようとしているように見える。汚れて、青ざめた手。朝露はもう乾いていて、泥の跡が手を横切るように線を描いている。もちろんそれは朝露なんかじゃない。でもあなたはもう、それを訂正しようとさえしないのね。とても悲しいわ、ダビ。ねえ、ダビ。あなたがもうずっと何も言わないから、怖くなる。あなたがここで何か口を挟むだろうと思いきや、そのたびに肩透かしを食う。まさかわたし、一人でしゃべりつづけてるんじゃないよね。

きみたちはのろのろと車にもどる。カルラがきみたち二人の手を引いている。きみかニナ、どちらかがしょっちゅう立ち止まるので、そのたびにみんなで待たなければならない。そのあと帰路につくけれど、砂利道を車で走るあいだ、カルラは無言でハンドルを握りしめている。今朝あとにした家の門を通過したときも、三人とも何も言わない。ヘセルさんの犬たちが車に追いつこうとイボタノキの木の下を全速力で走ってきて、ワンワンと吠えかかる。犬たちは怒り狂っているけれど、きみもカルラも気づいていないように見える。太陽はすでにすっかり昇っていて、地面からも熱を感じる。でも、重要なことは何も起きないし、それはこのあともずっとそうだ。たぶんきみにはもうこれ以上理解できそうにないから、先に進むのは意味がないと思えてきたよ。

でも、まだ終わってないわ。カルラは、彼女の家の三本のポプラの木のそばに車を停める。あなたが聞きたくないような細かい話がまだまだたくさんある。

そんな話をしても骨折り損だ。

いいえ、骨を折る価値はある。カルラがシートベルトのボタンを押し、ベルトが鞭みたいにピシッと引っこむ。その鞭のおかげで、急に現実がくっきりと認識できるようになる。ニナは後部座席で眠っている。ひどく青ざめていて、名前を何度呼んでも目覚めない。今では服は完全に乾き、色褪せた布地に形の定まらない巨大な染みが広がっている。大挙して集まってきたメデューサがそこで凍りついたかのよう。

お願いだ、アマンダ、意味がないよ。

続けろと本能が告げているわ。

「この眠れる美女はあたしが抱っこしてく」あなたのママが後部ドアを開け、ニナの肩を抱いて車から引きずりだす。「二人とも、うちでゆっくり休んで」

ここを離れなければ、と思う。カルラが足先で苦労して後部ドアを閉め、ニナを抱いて家に向かうのを見ながら、わたしはそればかり考えている。救出の距離がぎゅっと縮まるのを感じ、娘と自分を結ぶ糸に引っぱられてわたしも車を降りる。カルラの背中につかまるニナの細い腕を見つめたまま、二人に続く。家のまわりに芝生はなく、土と埃ばかりだ。正面に母屋があり、脇に小さな小屋がひとつある。馬用らしき囲いが奥に見えるけれど、今は馬の姿は見えない。わたしはあなたを探す。家の中であなたを見つけるのかと思うと不安になる。ニナを奪って、車にもどりたい。家の中に入りたくない。でも、腰を下ろしたい、陽ざしを避けたい、何か冷たいものを飲みたいという気持ちも強い。だから、体がニナのあとを追う。

それは重要ではない。

わかってるわ、ダビ、それでもあなたは最後まで聞くことになる。わたしの目は屋内の暗さになかなか慣れない。家具はほとんどないけれど、物はあふれている。役に立たない、貧相な物ばかり。天使の飾りもの、抽斗《ひきだし》みたいに積み重ねられた色とりどりの大きなパック容器、壁にかかった金や銀に塗られた皿、プラスチックの造花を飾った巨大な陶製の壺。あなたのママならもっとすてきな家に住んでいると思ってた。カルラはニナをソファーに座らせている。クッション付きの籐《とう》の椅子に。わたしの目の前に楕円形の鏡があり、顔を赤くほてらせて汗ばんだ自分が見え、その背後に、玄関口に引かれたプラスチック暖簾《のれん》が、その向こうにポプラの木や車が見える。レモネードを用意するわね、とカルラが言う。キッチンは左側にあり、彼女が冷蔵庫から製氷皿を取りだすのが目に入る。

「あなたたちが来るとわかっていれば、もう少し片づけたのに」彼女は背伸びをして、棚からマグカップを二つ取りだす。

わたしはキッチンに近づき、今ではカルラのすぐそばにいる。室内の何もかもがちっぽけで、薄暗い。

「何かお菓子でも用意しておけばよかった。あたしがつくるバタークッキーのこと、話したよね？　覚えてる？」

ええ、覚えてますとも。知りあったその日に話してくれたことだもの。ニナとわたしは朝に到着したばかりで、夫は土曜日に来ることになっていた。あなたのママと初めて会ったとき、わたしはポストの中を確認していた。ヘセルさんから、いざというときのため鍵のスペアをそこに入れておくと言われていたから。あなたのママは家から空のバケツを二つ持ってきていて、水の匂いがおかしくないかと訊いた。とまどったわ。たしかに到着したばかりのときに娘といっしょに少し水を飲んだけれど、まだ知らないことだらけだったから、たとえいつもと匂いが違っていたとしても、わたしたちにわかるはずがない。カルラは心配そうにうなずき、わたしたちの敷地に接する道をそのまま歩いて立ち去った。彼女がもどってきたとき、わたしは料理道具をキッチンに片づけているところだった。窓越しに、彼女が門を開けるためにバケツを地面に置き、そのあと持ちあげたけれど閉めるためにまた地面に置くのを見た。彼女は背が高く、ほっそりしていて、今では水で満杯らしきバケツを両手に持ちながら、背筋をぴんと立てて優雅に歩いてきた。ゴールドのサンダルが気まぐれに描いていく直線は、何かのステップかムーブを練習しているかのようで、玄関ポーチに到着したとき初めて目を上げ、わたしたちを見た。そこにバケツを片方置いていくつもりらしく、今日は水道水を使わないほうがいいよ、と言ったの。あんまりそう言い張るものだから、とうとう受け取ることにした。水の代金を払ったほうがいいのかどうかしばらく迷ったけれど、怒らせてもいやなので、かわりに三人分のレモネードを用意した。わたしたちは外でプールに足を浸しながらそれを飲んだ。

「あたしが焼くバタークッキー、すごくおいしいのよ」カルラが言った。「このレモネードにきっとぴったりだわ」

「ニナがきっと喜ぶわ」わたしは言った。

「ええ、わたくしたち、きっと喜びますわ」ニナも言った。

あなたの家のキッチンで、わたしは窓際の椅子に座る。あなたのママは冷たいお茶と砂糖をわたしに差しだす。

「お砂糖をたっぷり入れて」カルラが言う。「頭がしゃきっとするわ」

わたしが何もしないのを見て、カルラは別の椅子に腰を下ろし、みずからそうする。お茶をかきまぜ、わたしを横目でちらりと見る。

車まで自力でたどり着けるだろうか、と考える。そのとき墓が目に入る。何の気なしに外を見たとき、そうだと気づく。

墓は全部で二十八基。

そう、二十八基のお墓。そしてカルラはわたしがそれを見ているのに気づく。彼女がわたしのほうにお茶を押しやるけれど、わたしはお茶を見ない。でも、すぐ近くにその冷たさがあるだけで、吐き気がこみあげてくる。だめだ、車にはとてもたどり着けない、と思う。それに、あなたのママには本当に申し訳ないけれど、何も飲めそうにない。とても喉が渇いているというのに。カルラは待ちながら自分のお茶をかきまぜる。わたしたちはしばし黙りこむ。

「ものすごく変だと思うの」唐突にカルラが言いだし、何の話をしているのか、すぐにはわからない。「あの子と同い年の子供をみんな調べたのよ、アマンダ。そう、みんな」わたしはそのまま彼女にしゃべらせ、もう一度墓の数をかぞえる。「その子たちの親に気づかれないように実行するの。話しかけ、両肩をつかんで目をよく観察する」

先に進まないと。こんなの時間の無駄だ。

今はあなたのママも裏庭を見てる。

「あれ、みんなお墓なのよ、アマンダ。洗濯物を干すときは、足元にずっと注意していなきゃならない。だってほら、もしあの小山のどれかを踏んづけちゃったら……」

「ソファーのほうに座りたいわ」わたしが言う。

あなたのママはすぐに立ちあがり、わたしに付き添う。わたしは最後の力を振り絞り、ソファーにどすんと腰を下ろす。

三つ数えたら、きみが立ちあがるのを手伝うよ。

カルラがソファーでくつろがせてくれる。

一つ。

クッションも用意してくれる。

二つ。

わたしは片腕を伸ばし、完全に寝入ってしまう前にニナの肩を抱いて、ぎゅっと抱き寄せる。

三つ。椅子につかまって、こんなふうに。座って。ぼくが見える、アマンダ？

うん、見える。すごく疲れたわ、ダビ。わたし、恐ろしい夢を見ているの。

どんな？

ここじゃない。ここで見えるのはあなた。目が真っ赤よ、ダビ。まつげもほとんど残ってない。

きみは悪夢の中にいるんだ。

あなたのパパが見える。

帰宅したからだ。もう夜で、きみたち二人がソファーで寝ているのを見て、両親が口論してる。

あなたのママがわたしのバッグの中を探っている。

悪気があってやってるんじゃない。

うん、もちろんわかってる。何か探してるんだと思う。やっと夫に電話をかけてくれるのかしら、とわたしは考える。彼女にお願いしたいことはそれだけ。もう何度もそう言ったよね？

最初に言っていた。でもほら、彼女、やっぱり電話番号を見つけようとしてる。

あなたのパパはソファーの正面に座り、わたしたちに目を向ける。それからテーブルの上の手つかずのままのお茶を見、あなたのママが脱がせてソファーの脇に放りだしたわたしの靴を見、ニナの手を見る。あなたはパパにそっくりね。

うん。

あなたのパパは目が大きい。わたしたちがそこにいることを快く思っていないとはいえ、驚いてはいないみたい。わたしは眠ったり目覚めたりしているけれど、灯りが消されていて、あたりは真っ暗。もう夜なのね。あなたのママたちも家にいないみたいに思える。あなたを見たような気がするわ。見たわよね？　玄関口のプラスチック暖簾のところにいるけれど、その奥に見える家の外はもう暗くて、ポプラの木も畑ももう見えない。あなたのママはわたしの脇を通り、裏手に面した窓を開ける。つかの間、あたりにラベンダーの香りが漂う。あなたのパパの声が聞こえる。そこにはもう一人、誰かがいる。救急診療所の女性だ。彼女があなたの家にいて、あなたのママがグラスに水を注いでわたしに持ってくる。気分はどうかと尋ねてくる。わたしは無理をして体を起こし、薬をまた一錠飲む。ニナにも一錠あたえられる。ニナは少しは回復したみたいで、何か尋ねてきたけれど、わたしには答えられない。

症状は出たり引いたりをくり返すんだ。二人とも中毒を起こしてるんだよ。

そうね。じゃあ、どうして日射病の薬を渡されたの？

あの看護師が大馬鹿者だからさ。

そのあとわたしはまた眠る。

何時間も。

うん。でも、看護師の息子さんをはじめ、あの教室にやってくる子供たちも中毒を起こした子たちなの？　母親がそれに気づかないなんて、ありえる？

みんながみんな、中毒症状というわけじゃないんだ。母親が妊娠中に呼吸といっしょに吸いこんだもの、食べたりさわったりしたもののせいで、生まれつき毒の影響を受けている子もいるんだよ。

わたしは朝方に目が覚める。

ニナがきみを起こすんだ。

「ママ、もう行くよ？」そう言ってわたしを揺さぶる。

とてもうれしくなる。まるで、わたしたち二人の命を救ったヒーローの命令みたい。わたしは、音をたてないでというように、唇に人さし指を押し当てる。

二人とも多少は気分がよくなったとはいえ、症状は出たり引いたりするんだ。

わたしはまだひどく眩暈がして、立ちあがるのに苦労する。目がちくちく痛み、何度かこすする。ニナがどんな気分なのかはわからない。靴ひもを自分で結ぶけれど、まだそう上手にはできない。顔色が悪いのは確か。でも泣きもせず、文句も言わない。わたしもようやく立ちあがる。壁を、楕円形の鏡を、キッチンの柱を、順に伝って進む。車のキーはハンドバッグといっしょに置いてある。音をたてないように荷物をまとめてそろそろと抱える。ニナの手がわたしの脚をつかむのを感じる。玄関のドアは開いていて、わたしたちはプラスチック暖簾をかがんでくぐりぬける。ひんやりした深い洞窟の暗闇から光あふれる外界に出るみたいに。ニナは家を出たとたん、わたしから手を離す。車はロックされていないので、二人は運転席側のドアから乗りこむ。ドアを閉め、エンジンをかけ、砂利道まで何メートルか車をバックさせる。方向転換する前に、最後にもう一度あなたのママの家をバックミラーで確かめる。一瞬、ガウン姿で玄関先に出てきて、手振りで何かを訴えようとするカルラが目に浮かぶ。でも、実際には何の動きもない。ニナは一人で後部座席に移り、シートベルトを締める。

「ママ、水が飲みたい」そう言って、シートの上で胡坐をかく。

そう、そうよね、と思う。今必要なのはとにかく水。もう何時間も飲んでいないし、中毒症状には水をたくさん飲むのがいちばんだ。村でミネラルウォーターを何本か買おう、と思う。わたしも喉が渇いている。日射病の薬をキッチンのテーブルの上に置いてきてしまい、出発前に飲んでおかなかったのはまずかったかな、と心配になる。ニナが眉をひそめてこちらを見ている。

「大丈夫、ニナ、かわいこちゃん？」

あの子の目に涙があふれだす。でもわたしはもう一度訊いたりはしない。わたしたちは、ニナとわたしは強いんだ、そう自分に言い聞かせ、車は砂利道をあとにして、ようやく村の舗装路に出る。何時かわからないけれど、まだ通りに人影はない。誰もがまだ眠っている村のどこで水を買えというの？　わたしは目をこする。

目がよく見えないからだ。

顔を洗わないとだめみたい。こんなに朝早いのに、明るすぎる。まだそんなに明るくないよ。きみの目のせいだ。

目がなんだかおかしい。通りのアスファルトも側溝もやけにまぶしく光っている。わたしは車のサンバイザーを下ろし、グローブボックスの中にあるサングラスを探す。余計な動作をしようとするたびにひどく苦労する。まぶしいので目を細めずにはいられないし、そんなふうでは運転も簡単じゃない。それに体のこともあるの、ダビ。ものすごく痛いのよ、体が。虫のせい？

虫がうようよ蠢《うごめ》いているみたいな感じがするよね。すごく小さな虫たちが体じゅうで。まもなくニナが車に一人で残されることになるんだ。

だめよ、ダビ。そんなのありえない。一人で車に残されたら、ニナにはどうすることもできないわ。お願い、今じゃないと言って、ね？　いいえ、今よね。わたしがニナの姿を見るのはこれが最後。通りの少し先に何か見える。四つ角に近づきつつある。わたしは目をさらに細くして、もっとスピードを落とす。つらいわ、ダビ。痛くてたまらないの。

それはぼくら？

誰のこと？

通りを渡ろうとしている。

人の集団。わたしはそれを見て急ブレーキをかけ、ぎりぎりのところで車は停まる。こんな時間にどうしてこれほど大勢の人が？　大勢の子供たち、ほとんど全員が子供。こんな時間にみんなでいっしょに通りを渡って、何をするの？

ぼくらは待合室に連れていかれるんだ。一日が始まる前に、ぼくらはそこに収容される。運が悪いと早めに帰されるけれど、ふつうは夜になってから帰宅する。

角ごとに女性が立っていて、子供たちが横断するのを見守っている。

自宅でぼくらの世話をするのは簡単じゃないんだ。親たちの中にはお手上げ状態の人もいる。

女性たちは、救急診療所にいたあの女性と同じエプロンをつけている。

みんな看護師なんだよ。

いろいろな年格好の子供がいる。でもわたし、目がよく見えない。だからハンドルの上にかがみこむ。だけど、村には健康な子供もいるんでしょう?

いることはいるよ。

その子たちは学校に行ってるの?

うん。でもここでは、ふつうに生まれてくる子はほとんどいないんだ。

「ママ?」ニナが尋ねる。

医者はいない。緑の家の女先生ができることをするだけだ。

目に涙があふれ、わたしは両手でぎゅっと押さえる。

「ママ、あの女の子、頭がすごく大きいよ」

一瞬目を開けて、正面を見る。ホームセンターで会ったあの女の子が車の前で立ち止まり、こちらをじっと見ている。

でもぼくが彼女をぐいっと押す。

そうね、たしかに彼女を押したのはあなたね。

あの子はいつも押してやらなきゃならないんだ。

大勢いるのね、子供が。

今は全部で三十三人。でも数は変わる。

みんな変わった子供だわ。何というか、興奮して、すごく騒ぐ。奇形の子も多い。まつげも眉もなくて、肌が赤らんでいる。それもすごく。皮膚が鱗状の子もいる。あなたみたいな子は少ししかいない。

ぼくみたいな子って？

何というか、ノーマルに近い子？　ようやく最後の一人が道を渡りきる。女性たちの最後の一人も渡り、子供たちを追いかける前につかの間こちらを見る。わたしは車のドアを開ける。だんだんまわりが真っ白になっていく。目をこすらずにいられない。何かが目に入ったみたいな気がするから。

虫が入ったみたいな感じ。

そう。水があれば目を洗えるのに。車を降りて車体に寄りかかる。そこにいる付き添いの女性たちのことを考える。

看護師だよ。

「ママ……」ニナは泣いている。

看護師たちに頼めば水か何かくれたかもしれないけれど、頭が働かないのよ、ダビ。腹が立つし、喉がからからだし、つらいし、ニナがさっきからわたしを呼びつづけているけれど、あの子の姿が見えない。実際のところ、今では何も見えなくなっている。どこもかしこも真っ白で、今度はわたしのほうがニナを呼んでいる。車を手探りし、また中にもどろうとする。

「ニナ、ニナ」わたしが言う。

あたりは白で埋めつくされている。ニナの両手がわたしの顔に触れ、わたしはその手を乱暴にどける。

「ニナ、どこかの家の呼び鈴を鳴らして。呼び鈴を鳴らして、パパに電話をしてくださいとお願いして」

ニナ、と何度か、いいえ、何度も呼ぶ。でも、ニナは今どこなの、ダビ？　ニナがいないのに、どうして今まで平気でいられたんだろう？　ダビ、あの子はどこ？

カルラは、きみがまた救急診療所に運ばれたと知るとすぐ、面会に来た。きみが意識を失ってからカルラが面会に来るまでに七時間が経過し、有毒物質に触れたときから数えたら一日以上が経っていた。カルラは、こんなことになったのは、あの待合室の子供たちのことや、馬や犬、カモたちが死んだこと、もう本当の息子ではないけれど今も同居している息子のことと関連がある、と考えている。何もかも悪いのは自分だ、あの日の午後、ぼくの体と誰かの体を交換したとき、ほかにも何かを交換してしまったんだ、と思っている。目には見えない小さなものだけど、すべてをめちゃくちゃにしてしまう何かを。

本当にそうなの？

カルラのせいなんかじゃない。もっと醜悪なものが原因だ。

でも、ニナは？

カルラは急いで駆けつけて、きみが意識を失いかけ、発熱のせいで汗をかき、ぼくの幻覚を見ていると知ると、緑の家の女先生に相談するのが第一だと確信した。

それは本当よ。彼女、ベッドの足元のほうに腰を下ろし、緑の家の女先生に相談するのがいちばんいいわ、と話している。わたしはそれに賛成するのかしら。それってつまりどういうことなの、ダビ？

彼女が見えるの？　また見えるようになったの？

ほんの少し。まだあたりは真っ白だけど、目はもうちくちくしない。痛みを抑える薬をあたえられたからかな。ぼんやりと人影が見えて、あなたのママの影だとわかる。彼女の声も聞こえる。わたしは彼女に、夫に電話してとお願いする。カルラは文字どおりわたしに駆け寄ってきて、わたしの手を握り、気分はどうと尋ねる。

「夫に電話して、カルラ」

わたしはそう言う。確かにそう言う。

そして電話をする。彼女がメモし終わるまできみは何度も番号をくり返し、とうとうきみの夫と連絡がついて、彼女がきみに電話を渡す。

そう、彼の声が、ようやく彼の声が耳に響く。わたしはしゃくりあげていて、彼には事情がのみこめない。ひどく調子が悪いの、そのことにようやく気づいた、と訴える。ダビ、これは日射病なんかじゃないわ。でもどうしても涙が止まらず、あんまり泣いてばかりいるものだから、夫は電話越しに、泣くのをやめなさい、何がどうなっているのか説明しなさい、とわたしを怒鳴りつけ、ニナはどうしてるんだ、と尋ねる。ニナはどこなの、ダビ？

だからカルラはきみの手からそっと電話を取りあげ、きみの夫と話をしようとする。自責の念に駆られ、どう切りだせばいいかわからずにいる。

アマンダさんは体調が悪いんです、でも今日は救急診療所に医者がいないので、一人よこすようにもう頼みました、と説明し、できればご主人もこちらに来てもらえませんか、とお願いする。カルラは電話の相手の言葉に対して、はいと答え、ニナは大丈夫ですと告げる。ねえダビ、ニナが本当に大丈夫かどうか、あなたにわかる？　今とても近くにいるのはカルラ。でも、あなたはどこにいるの？　あなたのママは、あなたがわたしといっしょにいること、知ってるの？

知ったとしても、彼女は驚かないだろうね。ぼくがすべての元凶だと思っているようだから。この十年間、村を呪いつづけてきたものは、それが何にせよ、今やぼくに取り憑いているんだ、と。

彼女はベッドの縁に、わたしのすぐ近くに腰かけている。日焼け止めの甘い香りがまた漂ってくる。わたしの髪を撫でつけるその指はひんやりしているけれど、それが気持ちいい。ブレスレットがチリチリとぶつかりあう音も聞こえる。わたし、かなり熱が高いのよね、ダビ？

「アマンダ」あなたのママが言う。

泣いているらしく、わたしの名前を口にするとき、気持ちを抑えようとしていることが声からうかがえる。緑の家の女先生にこだわっていて、もう時間がないと訴える。

そのとおりだ。

「急いでやらないと」そう言って、カルラはわたしの手をつかむ。汗ばんだ冷たい手がわたしの手を握り、手首を撫でる。「いいわよと言って。あなたの同意が必要なの」

わたしを緑の家に連れていこうとしているんだと思った。

「わたしは自分の体を捨てたりしないわ、カルラ」

そんな馬鹿げた話は信じない、と言おうとする。でも、そう言っても彼女の耳には入らないだろう。

「アマンダ、あたしの頭にあるのはあなたじゃなく、ニナなの」あなたのママが言う。「あなたがここに運びこまれたと聞いたとき、ニナのことを尋ねたのよ。でも、誰もあの子がどこにいるか知らなかった。だからヘセルさんの車で探すわ」

糸がさらにぴんときつく張る。

あの子は、連中がきみの車を駐車した場所から何ブロックか先の縁石に腰かけていた。

「アマンダ、本物のダビを見つけたら、あたしにはあの子だときっとわかるはずよ」あなたのママが言う。今にもベッドから落ちそうだとばかりに、わたしの両手をぎゅっとつかんでいる。「ニナはあと何時間ももたないとわかって」

「ニナはどこ?」わたしは尋ねる。無数の針でちくちく刺されるような痛みが、喉から体の隅々へ広がっていく。

あなたのママはわたしにうんと言わせようとしているんじゃなく、わたしに許しを請おうとしている。そう、緑の家で今おこなわれていることについて。わたしは彼女の手を放す。糸が急にぎゅっと絡まり、一瞬息ができなくなる。ここを出なくては。ベッドから下りなくては、と思う。なんてこと、と思う。なんてことなの。あの家からニナを取りもどさなければ。

でも、きみが動けるようになるまでには時間がかかるだろう。症状は出ては引き、熱は上がっては下がる。

もう一度夫と話をしなきゃ。ニナがどこにいるか教えなきゃ。痛みがぶり返す。がつんと殴られて頭が真っ白になる感じ。断続的に痛み、しばらく何も考えられなくなる。

「アマンダ……」カルラが言う。

「だめ、だめよ」わたしは何度もだめと言う。

びっくりするくらい何度も。

わたし、わめいてる?

ニナの名前を。

カルラがわたしの体を抱こうとし、わたしは振りほどこうとするけれど、うまくいかない。耐えがたいほど体が熱い。爪の下で指が腫れあがっている。

でも、きみはわめきつづけ、とうとう看護師が部屋に飛びこんでくる。

カルラと話をしている。何て言ってるの、ダビ、何て?

医者がもうすぐ来るって。

だけど、わたしはもうもたない。

痛みは出ては引き、熱は上がっては下がり、カルラがまたきみの手を握っている。

ニナの手が一瞬見えたわ。ここにはいないとわかっているけれど、はっきり見える。あの子の小さな手が泥で汚れている。

あるいは、ぼくの汚れた手かも。ぼくはあのとき壁に張りついたままキッチンをのぞき、戸口からカルラを探した。

違うわ、ニナの手よ、わたしには見える。

「そうするしかなかったの」カルラが言う。

今それがおこなわれている。どうしてニナの手はあんなに泥だらけなの？ニナの手からたちのぼる、あの匂いは何？

「だめよ、カルラ。やめて、お願い」

天井が遠ざかり、体がベッドの闇に沈む。

「あの子の魂がどこに行くか、知る必要がある」わたしは言う。

カルラがわたしのほうに身をかがめたとき、あたりが完全な静寂で満たされる。

「できないのよ、アマンダ、それは無理だともう話したよね」

天井の扇風機の十字の羽根がゆっくり動いているけれど、風は来ない。

「先生に頼んで、どうしても」わたしは言う。

「でも、アマンダ……」

「お願いして」

誰かがひたひたと廊下を近づいてくる。静かな足音で、ほとんど聞きとれないくらいだけれど、わたしにははっきりとわかる。緑の家にいたときのあなたの足取りに似てる。ひび割れた床板を踏む、濡れた小さな二つの足。

「できるだけ近くにあの子を残してほしいと頼んで」

あなたなら仲介できる、ダビ？　ニナを近くに残せる？

誰の近くに？

近くに、家の近くに。

できるかもしれない。

どうにかしてやってみて、お願い。

できるかもしれないけど、どうせ無駄だよ。

お願いよ、ダビ。これがわたしの最後の言葉。わかってる、これが最後だって。口に出す直前にそうわかる。ようやく、すべてが静寂に包まれる。長い全き静寂。天井にはもう扇風機も十字の羽根もない。看護師も、カルラもいない。シーツもなく、ベッドも部屋もない。もう何も起こらない。わたしの体がそこにあるだけ。ダビ？

何？

とても疲れたわ。重要なことって何、ダビ？　教えてよ。受難の道のりはもうおしまい、そうでしょう？　教えてほしい、そのあとわたしは待望の静寂にゆったりと包まれる。

じゃあ、これからきみを押すよ。カモも押したし、ヘセルさんの犬も、馬たちも、ぼくが押してやったんだ。

そしてホームセンターのあの女の子も。毒のせいなの？　この土地のあらゆるところにある。そうでしょう、ダビ？

昔からずっと毒はあった。

じゃあ、原因は別？　わたしが何かいけないことをしたから？　悪い母親だった？　わたしが何か引き起こしたの？　救出の距離のせいね。

痛みは出たり引いたりする。

ポリタンクのあいだで、ニナと芝生に座っていたときね。救出の距離のせい。それが働かなかったし、わたしには危険が見えなかった。今、わたしの体に何かがある。新たに活動を始めるか、あるいはもしかすると、ふいに停止するもの。何かきつく光るもの。

それ、痛みだ。

どうしてもう感じないの？

内臓にしがみついてるんだ。

そうね、それが内臓をうがち、こじ開ける。でも何も感じないの。小刻みに震える白く冷たいものがこちらにもどってきて、目に達する。

ぼくがきみの手に触れている。ここにいるよ。

今度は糸、救出の距離の糸が。

うん。

外から内臓を縛っているみたい。ぎゅっと締めつけている。

怖がらないで。

胃を絞め殺そうとしてるわ、ダビ。

そのうち糸は切れるよ。

いいえ、ありえない。糸が切れるわけがない。だってわたしはニナの母親で、ニナはわたしの娘だから。

ぼくの父親のこと、考えたことがある？

あなたのパパのこと？　待って、何かがさらに強く糸を引っぱって、ぎりぎりと胃を締めあげてる。このままじゃ、胃がちぎれるわ。

その前に糸が切れるさ。しっかり呼吸して。

糸は切れはしない、ニナはわたしの娘だもの。でも、そうね。ああ、切れるのね。

もうほとんど時間がない。

わたし、死ぬの？

うん。あと何秒かしかない。でも、重要なことはまだ理解できるはず。ぼくの父親の言うことが聞こえるように、きみを前に押すよ。

どうしてあなたのパパなの?

がさつで単純に見えるかもしれないけど、きみに彼の言葉を聞いてほしいのは、彼には馬を失った経験があるからだ。

何かがはずれる。

糸だ。

もう引き攣れる感じがない。でも、糸は感じられる。まだここにあるわ。

うん。でも、もうほとんど時間がない。思考が曇らずにいられるのはほんの数秒だろう。ぼくの父親が話をするときに、ぼうっとしていちゃだめだ。

あなたの声が弱くなっていく。もうあまりよく聞こえない。

集中して、アマンダ。ほんの数秒のことだから。今は何か見える?

わたしの夫がいる。

きみを前に押しだすよ、いい?

ええ。

最後の力を振り絞って。もうこれが最後だから。

ええ、見える。わたしの夫だわ。わたしたちの車を運転してる。今、村に入っていくところ。これは現実？

話を中断しないで。

はっきり鮮明に見えるわ。

後ろを振り返らないで。

あれはわたしの夫よ。

ようやく、ぼくはここからいなくなる。

でも、ダビ……

ぼくに話しかけて、時間を無駄にしないで。

夫は大通りをゆっくりと進んでいく。わたしにはそれがはっきりと見えている。信号で停車を余儀なくされる。それは村で唯一の信号で、二人の老人がのろのろと横断歩道を渡りながら夫を見る。でも夫はうわのそらで、正面を見たまま、通りの前方から目を離さない。広場を、スーパーマーケットを、ガソリンスタンドを通りすぎる。救急診療所も通過する。砂利道を右折する。そのままゆっくりと直進する。道のでこぼこもよけずに進む。村の端にさしかかり、ヘセルさんの犬が走って飛びだしてきて、車を追いかけて吠えかけるが、夫はスピードを落とさない。わたしがニナと借りていた家も通りすぎる。目をちらりとも向けない。家は後方に置き去りにされ、カルラの家が見えはじめる。未舗装の道に車を入れ、坂を上がる。木立のところで車を停め、エンジンを切る。車のドアを開ける。ドアを閉めたとき、ガチャンというこだまが畑のほうから聞こえてきて、音の響く空間の広がりを意識する。古びて薄汚れた家を見て、薄板で修理された屋根に目をやる。背後に見える空は薄暗く、まだ昼時だというのに、屋内の灯りがいくつかともっている。夫はどこか不安そうに見える。誰かに見られていると気づいているのかもしれない。木製の玄関ポーチには階段が三段ついているが、のぼらないまま、開いたドアと壁際にまとめて結んであるプラスチック暖簾に目をやる。屋根から小さなベルが吊りさがっているけれど、麻ひもは引かない。二度手を叩いて合図すると、屋内から低い声が「中へどうぞ」と言う。同年輩の男がキッチンにいて、こちらを見もせずに戸棚の中の何かを探している。あなたのパパ、オマルだ。でも夫とはおたがい、面識はないように見える。

「お話をうかがいたいのですが」夫が尋ねる。

あなたのパパは答えず、夫のほうもあらためて尋ねるのはやめにする。相手はどうぞというしぐさをするが、夫はつかの間ためらう。キッチンは狭く、男も動かない。とにかく夫が湿った木の床に一歩踏みだすと、とたんに床がきしむ。男がかたくなに動かない様子を見て、これまでにも訪ねてきた者が何人もいたのかもしれないと夫は思う。

「マテ茶、飲むかね?」すでにこちらに背を向けているあなたのパパが、出がらしの茶葉を流しにあけながら尋ねる。

夫は、はいと答える。あなたのパパが椅子を示し、夫はそれに腰を下ろす。

「あんたの奥さんのことはほとんど知らないんだ」あなたのパパが言う。マテ壺に指を突っこみ、まだ残っている茶葉を流しに捨てる。

「でも、あなたの奥さんはご存じでした」夫が言う。

「女房は出ていった」

マテ茶をテーブルに置く。ドンと大きな音をたてたわけではないけれど、かといって丁寧とはとてもいえない置き方だ。お茶と砂糖壺を持って夫の正面に座り、相手をじっと見つめる。

「それで、何の用だね」

背後の壁には、同じ女性といっしょに写っているこの男の写真が二枚吊り下げられ、その下に、男がいろいろな馬とともに写った数々の写真がある。一枚だけが壁にピンで留められていて、その下にほかのすべての写真が連なっている。一枚ずつその上の写真に同じ麻糸でつながっている形だ。

「娘の調子がよくないんです」夫が言う。「あれからもう一か月以上経つのに、まだ……」

あなたのパパは夫と目を合わせず、もう一杯マテ茶をつくっている。

「いいえ、たしかに回復はしています。医者たちにきちんと治療してもらい、肌の染みはもうそれほど痛まないようです。あれだけのことが起きたのに、だんだんよくなってきている。でも、何かがおかしい。わたしにはそれが何かわからないんです。あの子の中に、ほかにも何かがある」そこで、言わんとすることをあなたのパパに正しく理解してもらおうとするように、少し言葉を切る。「何が起きたのか、ニナに何が起きたのか、わかりませんか？」

「わからんね」

長い沈黙が続き、二人とも微動だにしない。

「あなたはご存じのはずだ」

「知らんよ」

夫がテーブルをドンと叩く。力を加減してはいたが効果は抜群で、砂糖壺が軽く飛びあがって、蓋が少しずれた。さすがにあなたのパパも夫の顔を見ないわけにいかなくなったとはいえ、声にびくついた感じはない。

「あんたに言ってやれることなど何もないと、わかっているはずだ」

あなたのパパは金属ストロー《ボンビージャ》を口に運ぶ。キッチンで光っているものはただそれだけ。夫が言い返そうとすると、そのとき廊下で物音がする。何かが通りかかったようだけれど、夫の座っている場所からは見えない。目の前にいる男にとっては慣れっこらしく、驚きもしない。あなたよね、ダビ。とはいえ、どう言えばいいのかわからないけど、どこか違う感じがする。だけど、あなたただってことは確か。あなたはキッチンからこちらをのぞき、二人の様子をじっと見ている。夫もあなたを見、握っていたこぶしを緩めて、この子はいくつぐらいだろうと思う。知恵が遅れてるのかとややもすると思いたくなるあなたの奇妙な視線に、あなたの肌の染みに、意識を向ける。

「ほら、おでましだ」あなたのパパが言い、あらためてマテ茶を煎れるけれど、やはり今度も夫には勧めない。「ご覧のとおり、俺だって誰かに訊きたいんだよ」

あなたは静かに待ち、わたしをじっと見ている。

「今は何でもかんでも結びつけたがる」

あなたのパパは居間のほうを示す。そこではもっとたくさんのものが麻糸で吊るされ、結びあわされている。今、夫はそれらに目が釘付けになっている。なぜそんなに気になるのか、彼自身わからないのだが。狭い部屋にしては大量にありすぎるガラクタに驚いたからではなく、子供なりに家と家財道具の惨状をどうにかしたいと思ってそうしている、そんな気がしたからかもしれない。夫はあなたの意図を理解しようと、あらためてそちらを見たけれど、あなたは玄関ドアから外へ飛びだして、男たち二人は、走って遠ざかっていくあなたの足音をただ黙って聞いている。

「来てくれ」あなたのパパは言う。

二人はほぼ同時に立ちあがる。あなたのパパに続いて、夫も外に出る。あなたのパパは玄関の階段を下り、あたりを見まわして、たぶんあなたを探している。彼は背が高くがっしりしていて、体の両脇に垂らしている開いた両手も大きい。家からかなり離れたところで立ち止まる。夫はもう数歩、彼に歩み寄る。二人の距離は近く、そうして近くに並んで立ちながら、どこまでも広がる農地の中でぽつんと二人きりだ。向こうに見える大豆畑が、鈍色《にびいろ》の雲の下で青々と輝いている。でも、二人が立っている車寄せから小川まで広がる土の地面は、固く乾いている。

「じつは、俺は昔、馬を飼っていたんだ」あなたのパパが言う。そこで、自分で自分を否定するかのように首を振る。「だがどうだ、今、馬の鳴き声が聞こえるかね？」

「いいえ」

「じゃあ、ほかに何か聞こえるか？」

あなたのパパは四方を見る。夫には聞こえないもっとはるか遠くの静寂が、彼には聞こえるとでもいうように。雨の匂いがして、地面から湿った風が吹きあがる。

「もう行ったほうがいい」あなたのパパが言う。

夫はうなずく。その指示に、あるいは解放を意味する言葉に、感謝するかのように。

「雨が降りだしたら、ぬかるみになって立ち往生する」

車まで、二人はいっしょに行く。家の近くに駐車したから、少し距離がある。そのとき夫はあなたを目にする。あなたは後部座席に座っている。背もたれからわずかばかり頭がのぞいている。夫は車に近づき、運転席側の窓から中をのぞきこんで、降りなさい、今すぐ出ていきなさい、と言う。あなたはシートで背筋を伸ばし、懇願するように夫の目を見つめている。わたしは夫の目をとおして、あなたの目の奥に別の目を見る。あなたはシートベルトを締め、シートの上で胡坐をかいている。ニナのモグラのほうに片手をそっと伸ばし、自分のほうに引き寄せようとしているのか、ぬいぐるみの脚に汚れた指を置いている。

「降りなさい」夫が言う。「今すぐに」

「それでよそに行けるとでも思ってるのか」あなたのパパが言い、後部座席のドアを開ける。

あなたの目は、夫の目を必死に探している。でもあなたのパパはシートベルトをはずし、あなたの腕をつかんで引きずりだす。夫は憤慨しながら車に乗りこみ、一方、二人の姿は遠ざかっていき、奥に見える家にたどり着くと、まず一人が、続いてもう一人が中に入り、ドアが内側から閉じられる。そこでようやく夫は車のエンジンをかけ、坂をくだり、砂利道に出る。ずいぶん時間を無駄にしたような気がする。村には立ち寄らない。後ろも振り返らない。大豆畑も、乾いた大地を網の目のように走る小川も、何キロも広がる一頭の家畜もいない牧草地も、集落も、工場も見ずに、首都に到着する。帰路のスピードがしだいに遅くなっていくことにも気づかない。あまりにもたくさんの車、車、車がアスファルトの支脈の一つひとつを覆い尽くしている。そして交通渋滞が始まり、もう何時間も流れが動かず、排気ガスがもうもうとくすぶっている。彼には大事なものが見えない。糸がついにほどけてしまうのだ。どこかで導火線に火がつくかのように、停滞している災厄がいよいよ爆発せんとするかのように。

訳者あとがき

〈スパニッシュ・ホラー文芸〉第三弾としてご紹介する本書は、アルゼンチンの新進気鋭の作家サマンタ・シュウェブリンの中篇『救出の距離』（二〇一四年）である。いや、シュウェブリンを新進気鋭と呼ぶのは、もはや的はずれかもしれない。スペイン語圏はもちろん、国際的にも高い評価を受けていることは、国際ブッカー賞にすでに三回ノミネートされ、二〇二二年には全米図書賞翻訳部門を受賞していることからも明らかで、もはやラテンアメリカ文学界を牽引する代表格と言っていいだろう。

昨今、世界的に注目されているスペイン語圏の比較的若い女性作家たちは、マリアーナ・エンリケスしかり、ピラール・キンタナしかり、フェルナンダ・メルチョールしかり、みずからが生きる土地に深く根を下ろし、恐怖や不安を媒介にして、そこにある歴史や政治事情、女性問題などを描きだす作風が多いのだが、シュウェブリンにはどこかコスモポリタンな印象がある。もしかするとそれは、二〇一二年に一年間の期限で研修生《レジデント》としてベルリンに派遣されてから、今もずっとかの地で暮らしているせいかもしれない。それでも自分はアルゼンチンの作家だ、と彼女は言う。「だけど私はアルゼンチンを、そして中南米を外から見ている。ベルリンに来たことで、そんなふうにアルゼンチンや中南米を別の目で見られるようになった。外を見ながら、中南米の内側を、そして自分自身の内側を見ているの」（アルゼンチンのニュースサイト〈インフォバエ〉二〇一八年五月二十日インタビュー記事より）

ベルリンにはラテンアメリカ各地から大勢の作家やアーティストが集まっていて、そのせいか、自分のアルゼンチン言葉が各国のスペイン語に侵食されているような気がするという。「私たちのスペイン語は、自分が通ってきた場所や経験したことの一種の足跡になっている。そしてそれは私たちの人間性も同じだと思う」（〈インフォバエ〉同インタビュー記事より）

彼女の小説を読んでいると、混沌としているのにどこか透徹している〝複雑な透明感〟みたいなものを感じるのだが、それは種々雑多なものを取りこみ普遍性を獲得していく、この異国での感覚が反映されているのかもしれない。

『救出の距離』は、著者がベルリンに移り住んだ一年目に、そのとき構想中だった短篇集『七つのからっぽな家』の一篇として書いていたのだが、十二回書き直してみてもどうもしっくりいかず、このテーマを書き切るにはもう百ページ必要だと思い至り、現在のような中篇となったという〈スペインの文芸サイト〈ブッカニスタ〉のインタビュー記事より〉。著者にとっては、初めての長めの作品である。スペイン語版は二〇一四年に出版され、たちまち好評を博した。「二十一世紀の恐怖小説探究者」(『ラ・バングアルディア』紙)、「わずか百二十ページそこそこで、読者を不安の中に宙吊りにし呼吸を奪う、無慈悲な時計仕掛けのような巧妙な語り口……ほとばしる電流で誰もが金縛りに遭う」(『エル・ムンド』紙)。そして二〇一五年に、前年に出版された最もすぐれた物語作品に与えられるティグレ・ファン賞を受賞。二〇一九年にはスペイン最大手紙『エル・パイース』が〈二十一世紀ベスト小説一〇〇〉の四十六位に選び、二〇二四年には、アルゼンチンの最有力紙『クラリン』が「大傑作《オプス・マグヌム》」と呼んだ。

もちろん絶賛の嵐はスペイン語圏にとどまらず、二〇一七年に英訳が出版されると、これが英語圏では初めて紹介された彼女の作品だったにもかかわらず、広く称賛を集めた。「まったく新しいジャンルの誕生……謎めき、それでいてきわめて緻密」（『ニューヨーカー』誌）、「恐ろしい、そしてすばらしい……危険なほど癖になる」（『ガーディアン』紙）。その結果、二〇一七年には国際ブッカー賞の最終候補となり、さらには、ホラーやダーク・ファンタジーのすぐれた作品を対象にしたシャーリイ・ジャクスン賞中長篇部門にも選出された。

作品の舞台は、一面に大豆畑や小麦畑が広がるブエノスアイレス郊外のとある村（首都から車で「四時間半」かかる場所）。しかしどうやら、バカンスでそこに来た女性アマンダは病院のベッドに横たわり、瀕死の状態にあるらしい。その枕元にいるダビという地元の少年と話をしていて、二人の会話によって物語は終始進行していく。まずこの設定が、長椅子で横たわっている患者とセラピストを想起させ、不穏だ（じつはアルゼンチンは、精神科医やセラピストの数が世界でも有数で、カウンセリングがとても身近な国なのだ）。ダビが質問し、アマンダが答えるのだが、ダビはわずか九歳にして、すべてを見通しているかのような、妙に子供らしからぬ言動をとる。読者はまず、この状況の醸しだす違和感になんともいえない居心地の悪さを覚え、不安をかきたてられる。このあたりでは、いったい何が起きているのか、読んでいるほうにはさっぱりわからないが、「正常」からはすでに逸脱していることだけはわかる。

二人は会話をしながら、アマンダが今のような状態に陥ることになった、その特定の時点をピンポイントで探し当てるため、過去をさかのぼる。登場人物はおもに四人。アマンダと幼い娘ニナ、彼女と夫が借りた別荘の近くで暮らすカルラと息子のダビだ。アマンダはダビに促されながら、カルラと過ごしたある日の出来事を思いだし、そこでカルラが打ち明けた幼少時のダビにまつわる背筋が寒くなるような話、さらにはアマンダが命を落としかけるに至った彼女とニナを襲ったある種の事故のことなどが語られる。しかし、アマンダは熱に浮かされているうえ、さまざまな話者と時制が入り乱れ、話は混沌としていく。どこまでが妄想でどこまでが現実か、もはや判然としない。文体にすら、口語と地の文が混在しているのだ。けれど、そこにはつねに緊張がみなぎり、読者は濃密な闇でまさに宙吊りにされたまま、恐ろしくも物悲しい結末をつきつけられる。奇妙な怪異にいろどられたホラーであり、緻密な心理サスペンスでもあり、読むうちに二人の会話が呪文か魔術のようにも思えてくる、じつに斬新なスタイルだと言えるだろう。

本書のテーマを挙げるとすれば、おもに二つ考えられる。一つは母性だ。わが子を失うことは、シンプルだが原初の、そして最大の恐怖である。〈救出の距離〉は、子供に何か起きたときに助けに駆けつけるのに必要な距離のことで、そこには糸が渡され、不安が募ると糸は張りつめて短くなり、母親はつねにその距離を意識している。当然ながら、人はそこに〝へその緒〟を重ねるだろう。しかし、母親を書くということは、すなわち父親を書くことでもあり、自然と〝父親の不在〟が浮かびあがってくる。カルラもアマンダもなんとかわが子を救おうと、そうした立場の弱い女たちが最後に駆けこむ、いわゆる「呪術医」に頼る。そうしてやっと彼女たちが結びつけた糸に、その意味に、男たちはまるで気づかずに、踏みにじる。彼らの頭にあるのは「仕事」や「金」のことばかりなのだ。

アルゼンチンの一地方のいわば小さな出来事を描いたこの作品が、なぜここまで世界的に受け入れられたと思うかと問われ、シュウェブリンは、「これは一人の女性のとても個人的な物語で、彼女の頭の中で起きていることだとも言える。個人の出来事は自然とユニバーサルになるものだと思う」と答えている。「実際、日常のひとかけらほど人の心を強く動かすものはないし、誰のために小説を書くのかと尋ねられれば、身近な人や自分が尊敬する人たちに褒めてもらいたいからと答える。だって、大事な人の心を〝変化させる〟ことほど大切なことはないでしょう」（〈インフォバエ〉同インタビュー記事より）

もう一つの大事なテーマは環境問題だ。アルゼンチンは世界第三位の大豆輸出国で、広大な農地を活かして遺伝子組み換え大豆を単一栽培する、大規模農場経営が各地でおこなわれている。農村地帯では、米化学企業モンサント社（現在はバイエル社に吸収され消滅）が製造していた〈ラウンドアップ〉や同成分を使った〈グリホサート〉といった除草剤や農薬が大量散布され、先天異常を持つ子供が生まれたり、ガンや甲状腺異常、神経系や免疫系の疾病、不妊などの症状を訴える人が激増した。さらに、農薬は水資源に残留し、水道のない地域では井戸水の汚染も問題になっている。このことを地道に告発し、近隣の農薬空中散布を止めた、アルゼンチン北部のイトゥサインゴ村に住むソフィア・ガティカという女性は、二〇一二年にゴールドマン環境賞を受賞した。二〇一五年にWHO傘下の国際ガン研究機関（IARC）が「グリホサートにはおそらく発ガン性あり」と分類して以来、規制が進み、健康被害について各地で訴訟が起こされ、環境団体が非難を続けているが、今も日本を含む世界じゅうで販売が継続されている。

シュウェブリンはフランスのドキュメンタリー映画『モンサントの不自然な食べもの』（マリー＝モニク・ロバン監督、二〇〇八年）を観て、大豆輸出国のアルゼンチンは農薬を世界にばらまいているのだから、このことはいつか小説に書かなければ、とかねてから考えていた。本書で取りあげるに当たり、農薬を、いつどこで触れるかわからない〝邪悪〟として描いたという。

また、本作品は二〇二一年にNetflixで映画化もされており（邦題『悪夢は苛む』）、監督をペルーのクラウディア・リョサ（代表作『悲しみのミルク』、伯父はノーベル賞作家のマリオ・バルガス＝リョサ）が務め、脚本を彼女とシュウェブリンが共同で書いた。シュウェブリンは大学で映像を専攻しており、そのときの経験が活きた形だ。もっとも、文学は必ずしも映画に近づく必要はないと考えている。「なぜなら文学はイメージを作るうえで、もっと強力で確かなものが頼りになるから――そう、読者の想像力です」（〈インフォバエ〉二〇二一年九月二十日のインタビューより）

作品を中心に述べてきたが、簡単にシュウェブリンの経歴にも触れておこう。一九七八年、アルゼンチンの首都ブエノスアイレスに生まれる。幼い頃、祖父からさまざまなお話や詩の朗読を聞くうちに、自分でも物語を作って人に聞かせるようになり、そうしてまわりが関心を寄せてくれることに喜びを感じたという。思春期に入る頃には短篇小説を書き始め、十六歳のときに、母の勧めで、アルゼンチンで盛んにおこなわれている文芸ワークショップに加わるようになった。この経験がシュウェブリンにはとても刺激になり、その後のキャリアにつながっていく。入学した国立ブエノスアイレス大学では映像・音響や脚本を学びながらも、創作は続けた。文芸ワークショップをとおして出版人との交流が広がっていくなか、作品がバルセロナの有名著作権事務所〈バルセイス〉の敏腕エージェント、グロリア・グティエレスの目に留まり、二〇〇二年にデスティノ社から初めての短篇集『騒ぎの核心』を上梓する。

シュウェブリンはけっして多作ではないが、発表する作品すべてが国内外で高評価を受け、名だたる賞に輝いている。本書についてはすでに述べたが、たとえば『騒ぎの核心』は、二〇〇一年に応募したアルゼンチン芸術基金賞で優勝し、第二短篇集『口のなかの小鳥たち』（出版は二〇〇九年）は二〇〇八年にカサ・デ・ラス・アメリカス賞を受賞。後者は二〇一九年に国際ブッカー賞にもノミネートされた。第三短篇集『七つのからっぽな家』（二〇一五年）は二〇二二年に全米図書賞を、さらにその中の一篇「不運な男」が二〇二二年にO・ヘンリー賞を獲得する。そして、最新長篇『ケントゥキたち』（二〇一八年）は二〇二〇年にカルタヘナ市主催マンダラーチェ賞を受賞したほか、国際ブッカー賞のロングリストにも残った。この連作形式の長篇『ケントゥキたち』は未邦訳だが、目に小型カメラを搭載したぬいぐるみ〈ケントゥキ〉を通して、世界各地の他人の家を盗み見することで起きるさまざまな出来事を描き、ネットやSNSで私生活が暴かれる現代社会の異様さを、独特の〝日常のずれ〟や〝居心地の悪さ〟によって浮き彫りにした快作である。

現在はベルリンでみずから複数の文芸ワークショップを主催し、文学界に貢献するとともに、創作の活力にしているようだ。新作が待たれるところだが、コロナ禍でやや遅れ気味ではあるものの構想はあると話している。今から楽しみである。

『口のなかの小鳥たち』を読んで、すっかりその世界観に魅了されてしまったシュウェブリンの作品を翻訳できたことは、望外の喜びでした。企画を面白がってくださった元国書刊行会編集部の伊藤昂大さん、入稿してからたくさんのアドバイスをくださった同編集部の川上貴さんに心からお礼を申し上げます。

宮﨑　真紀

二〇二四年五月

サマンタ・シュウェブリン
Samanta Schweblin

作家。1978年、アルゼンチンの首都ブエノスアイレスに生まれる。ブエノスアイレス大学映画学科を卒業後、2002年に短篇集『騒ぎの核心』でデビュー。同作はアルゼンチン芸術基金賞を受賞、続く短篇集『口の中の小鳥たち』(2009年)ではカサ・デ・ラス・アメリカス賞を受賞するだけでなく国際ブッカー賞にもノミネートされる。2010年には英国最大の文芸誌『グランタ』が選ぶ「35歳以下のスペイン語圏作家ベスト22」の一人に選出される。長篇デビュー作となる『救出の距離』(2014年)はティグレ・フアン賞とシャーリイ・ジャクスン賞中長篇部門を受賞、また国際ブッカー賞最終候補となり、2021年にはNetflixで『悪夢は苛む』として映画化もされた。近年では2015年に発表した短篇集『七つのからっぽな家』の英訳版が2022年度全米図書賞翻訳部門を受賞するなど、現代スペイン語圏文学で国際的な注目を集める作家である。

宮﨑真紀
みやざきまき

スペイン語圏文学・英米文学翻訳家。東京外国語大学外国語学部スペイン語学科卒業。近年の主な訳書に、エルビラ・ナバロ『兎の島』、マリアーナ・エンリケス『寝煙草の危険』(ともに国書刊行会)、マネル・ロウレイロ『生贄の門』(新潮社)、ポー/ラヴクラフト/ギルマン他『怖い家』(エクスナレッジ)、フェリクス・J・パルマ『怪物のゲーム』(ハーパーコリンズ・ジャパン)、トーマス・フィッシャー『いのちの選別はどうして起こるのか　ER緊急救命室から見たアメリカ』(亜紀書房)、ガブリ・ローデナス『おばあちゃん、青い自転車で世界に出逢う』(小学館)、グウェン・アズヘッド/アイリーン・ホーン『そして、「悪魔」が語りだす　司法精神科医が出会った狂気と共感の物語』(海と月社)などがある。

Obra editada en el marco del Programa Sur de Apoyo a las Traducciones del Ministerio de Relaciones Exteriores, Comercio Internacional y Culto de la República Argentina.

本書はアルゼンチン共和国外務・通商・宗務省の
翻訳助成プログラマスールを受けて刊行した。

救出《きゅうしゅつ》の距離《きょり》

サマンタ・シュウェブリン 著　　宮﨑真紀 訳

2024年9月13日　初版第1刷　発行
ISBN　978-4-336-07633-5

発行者　佐藤今朝夫

発行所　株式会社国書刊行会

〒174-0056　東京都板橋区志村1-13-15
TEL 03-5970-7421　FAX 03-5970-7427
HP https://www.kokusho.co.jp　Mail info@kokusho.co.jp

印刷　中央精版印刷株式会社
製本　株式会社ブックアート
装丁　川名潤